빗자루는
알고있다

빗자루는 알고 있다
연세대 청소 노동자들과 함께한 2000일간의 기록

2012년 9월 21일 1판 1쇄 찍음
2012년 9월 28일 1판 1쇄 펴냄

지은이   김세현, 오수빈, 용락
펴낸이   손택수
편집   이상현, 이호석, 임아진
디자인   풍영옥
관리·영업   김태일, 이용희, 김가영

펴낸곳   (주)실천문학
등록   10-1221호(1995.10.26.)
주소   우121-839, 서울시 마포구 서교동 478-3 동궁빌딩 501호
전화   322-2161~5
팩스   322-2166
홈페이지   www.silcheon.com

ISBN 978-89-392-0684-7 03810

이 도서의 국립중앙도서관 출판시도서목록(CIP)은
e-CIP홈페이지(http://www.nl.go.kr/ecip)와
국가자료공동목록시스템(http://www.nl.go.kr/
kolisnet)에서 이용하실 수 있습니다.
(CIP제어번호:CIP2012004345)

연세대 청소 노동자들과 함께한
2000일간의 기록

빗자루는 알고있다

김세현, 오수빈, 용락 지음

실천문학사

언제나 용기를 주는 연세대 분회 조합원들과
힘이 되는 '살맛' 친구들에게 드립니다.

나와 당신의 5년

학교에 창문 없는 지하 쪽방이 그렇게 많다는 사실에 우리는 깜짝 놀랐습니다. 그해가 2007년이었습니다. 건물마다 하나씩 있는 그 방에는 하루 중 대부분의 시간을 학교에서 보내는 청소 노동자들이 쉬고 있었습니다. 그 지하 방의 문을 열면 먼지나 습기에 얼룩진 곰팡이가 가득할 것 같았습니다. 하지만 예상과는 반대로 그 방들은 깔끔하고 정갈했습니다. 그것은 아마 청소 노동자들이 그 공간까지도 자신들의 일터라 생각했기 때문이었을 것입니다.

유난히 커피를 많이 마셨습니다. 휴게실에 불쑥 찾아온 학생들에게 무엇이라도 주고 싶은 그녀들의 차림표에는 일회용 커피 믹스가 빠진 적이 없습니다. 그 커피를 벗 삼아 나눈 말들이 아직 또렷하게 기억납니다. 그녀들이 풀어놓는 이야기에는 가족들의 아침을 챙기고 첫차에 오르기 위해 새벽 3시에 맞춘 자명종, 학생들이 등교하기 전에 청소를 끝내야 하는 수십 개의 강의실 열쇠 꾸러미, 자꾸 아파오는 몸에 필요한 파스며 약, 관리자가 집어던진 리모컨이나 욕설 따위가 아무렇게나 널브러져 있었습니다. 학생회관에서 만난 한 노동자가 그랬습니다.

"우리가 이렇게 일하는 건, 빗자루만 알지."

그 이후의 일들은 유쾌합니다. 우리는 학교와 싸우기도 했고, 최저임금심의위원회 앞에서 늦은 밤까지 집회를 갖기도 했습니다. 또 보란 듯이 교정에서 김장 김치를 담그거나 고기를 구워 먹었습니다. 그사이 카메라나 캠코더를 보면 수줍어하며 피하던 청소 아주머니들은 기자들과 학생들에게 먼저 다가오는 노동조합원이 되었습니다. 우리도 스물보다는 서른에 더 가까운 나이에 들어서면서 미래에 대한 압박을 느끼기 시작했습니다. 그리고 2012년이 왔습니다.

'무엇을 해야 행복할까'가 아니라 '무엇을 할 수 있을까'를 스스로에게 더 자주 질문하게 되면서, 가족을 이루기 위해서는 생각보다 필요한 것이 많다는 사실을 깨달아가면서, 자신을 위해 행복해질 권리와 자신을 사랑하는 주변 사람들을 위해 행복해 보여야 하는 의무가 꼭 일치하지 않는다는 것을 느끼면서 우리는 점점 기성세대가 되어가는지도 모르겠습니다. 사람들은 이것을 두고 "인간(人間)이 됐다"고 표현합니다. 우리는 변해가는 자신 스스로와 그걸 가리키는 주위의 표현 둘 다 받아들이기 힘들었습니다.

청소 노동자들과 함께했던 5년의 시간을 책으로 남기자고 결심한 것은 그래서였습니다. 그들과 우리의 지난 기록들이 시간이 지나도 변하지 않는 무엇으로 남기를 바랍니다. 지난 우리의 이야기가 미래로 나아가는 지침과 용기가 될 수 있으리라 믿기도 합니다. 하지만 이것이 어쩌면 기성 사회에 무비판적으로 편입된 우리의 앞날을 위해 남겨놓는 변명이나 알리바이가 될지도 모르겠다는 생각을 하기도 합니다.

다행인 것은 책의 내용이 우리보다는 청소 노동자들에 더 초점이 맞춰져 있다는 것입니다. 또 학생이나 청소 노동자 각각이 아니라 서로 함께한 시간을 다루고 있다는 점도 기쁩니다. 그러니까 우리가 노력한다면, 이 책은 우리가 여물고 성장하는 하나의 과정으로 남을 수 있을 것입니다. 여러분께도 이 책이 비슷한 의미로 남을 수 있다면 참 좋겠습니다. 즐겁게 때로는 아프게 함께 읽어주시길 바랍니다.

일러두기

1. 등장인물의 이름은 가명과 실명이 섞여 있습니다. 그러나 어느 것이 가명이고 어느 것이 실명인지 따로 밝히지는 않았습니다.

2. 본문의 사진은 비정규 노동문제를 고민하는 학생모임 '살맛', 비정규 노동문제 해결을 위한 연세대 공동대책위원회, 시간을 돌리는 작은 교실, 공공노조 서경지부 연세대 분회에서 찍은 사진들입니다.

3. 저자들을 가리키는 주어인 '우리'는 맥락상 저자들이 활동했던 학생모임 '살맛'을 가리키는 경우가 많습니다.

1부. 우리 만남은

첫 번째 이야기

정복과 수빈

   창창한 봄기운에 취한 날이었다. 할 일 없이 캠퍼스를 맴돌고 있었다. 우연히 학교 신문을 나르고 있던 정복 씨와 마주쳤다. 왜 경비원이 신문을 나르고 있는지 궁금했다. 딱히 할 일도 없었던 나는 정복 씨와 이야기를 나누기 시작했다. 알고 보니 정복 씨가 신문을 나르는 것은 일종의 부업이었다. 그리고 그에게는 부업을 해야만 하는 사정이 있었다.

가슴에 알알이 박히는 눈물

   정복 씨는 부산에서 태어났다. 위로 누이가 있지만 그래도 자신이 장남이라는 데에 스스로 의미를 부여하는 전형적인 옛날 아저씨다. 어린 시절 정복 씨는 친구들과 어울려 다니며 놀기 좋아하는 사고뭉치였다. 중학교를 졸업한 뒤에는 고등학교에 진학하지 않고 동네 형들과 어울리기 시작했다. 집에서는 당연히 내놓은 자식이었고 눈치가 보여 정복 씨 스스로도 발길을 끊다시피 했다.

정신없이 몇 년을 놀다 보니 어느새 열여덟 살이 됐다. 가방을 멘 친구들은 학업으로, 가방을 메지 않은 친구들은 취업으로 미래를 준비하기 시작했다. 불현듯 미래에 대한 불안과 현재에 대한 환멸을 느꼈다. 아버지를 찾아가 무릎을 꿇었다. 아버지는 정복 씨에게 기술을 배우라고 했다. 아버지의 말을 따라 부산 범내골에 있던 철공소에 취직했다. 기계를 닦는 시다부터 시작해 기술을 배우면서 6년을 보냈다. 기술이 어느 정도 몸에 익자 독립해 살아가야 할 시점이 다가왔다. 어느덧 이십 대 중반이었다.

울산 현대중공업과 연이 닿아 조선소에서 용접일을 했다. 배를 만드는 일은 험했다. 머리 위로는 철판이 춤을 추며 날아다니고 옆에서는 하루에도 서너 명씩 죽어 나갔다. 죽은 사람을 천 따위로 대충 덮어두고 그 옆에서 아무렇지도 않다는 듯 매일 용접을 해야 했다. 계약에 맞춰 선박을 내어놓기 위해서는 방법이 없었다. 사람이 죽어 나가고 다치는 일들을 삼사 년 동안 매일같이 보고 있자니 여기가 인간 도축장이나 다름없다는 생각이 절로 들었다. 그래서 도망치듯 현대중공업을 빠져나왔다.

가진 기술로 '도비' 대장을 하고 개인 공방을 차리는 등 여러 가지 일을 하면서 삼사십 대를 보냈다. 그 후로는 모아놓은 돈을 쓰면서 살았다. 가끔 고장이 난 작은 배의 기계를 고치거나 품팔이를 해 용돈을 벌고 다른 시간에는 친구들과 어울렸다. 십여 년을 그렇게 사는 동안 늘어난 것이라고는 동네 친구들밖에 없었다. 건달 친구도 하나 있었다. 지금도 그렇지만 그때도 건달들이 철거일을 많이 했다. 그 친구는 철거일의 허가를 받기 위해 종종 정복 씨의 명의를 빌려 썼다. 몇 차례 명의를 빌려주다 2002년에 사달이 났다.

그해 정복 씨는 자주 산을 오르며 남은 인생을 어느 산에서 어떻게 보낼지 살펴보고 있었다. 산에 가면 번잡하고 먼지 날리는 세상사가 뇌리에서 밀려가고 향 내음과 냇물 소리가 가슴을 채우곤 했다. 가야산 자락을 넘는데 연락을 받았다. 명의를 제삼자에게 넘겼는데 사기를 당한 듯하다고. 한달음에 달려갔으나 일은 이미 저질러진 뒤였다. 사기꾼들은 정복 씨의 명의로 온갖 장난을 쳐놓았다. 정복 씨는 졸지에 수십억 빚을 졌다. 집에 빨간 딱지가 덕지덕지 붙었다. 빚쟁이들이 끝도 없이 찾아왔다.

어느 날 아침, 깨어보니 부인이 사라졌다. 큰아들도 제 살 길을 찾아 집을 나갔다. 함께 지낸 세월이 있는데 어찌 이럴 수 있을까, 분노로 밤잠을 못 이루다가도 그 세월이 정복 씨에게 떠나간 가족들을 이해하도록 종용했다. 역마살인지 병인지 몇 개월 산을 타며 집에 오지도 않는 남편을 바라보는 부인의 마음이 그제야 얼핏 이해가 갔다. 아들들에게 집에서 놀고먹는 반건달 아버지가 어떻게 보였을까 후회스러웠다. 40년을 살아온 동네 사람들이 모두 정복 씨의 등 뒤에서 수군거리는 것 같았다. 남은 자존심에 지레 화가 났다. 혈혈단신으로 계획도 없이 집을 떠나 서울로 올라왔다.

서울에서 골방을 얻고 일용직을 전전하며 근근이 삶을 이어갔다. 그러던 차에 종로 5가 직업소개소에서 연세대에서 일을 해보지 않겠냐는 이야기를 들었다. 뒤도 안 보고 하겠다고 했다. 그런데 이력서를 넣었는데 시간이 아무리 지나도 연락이 없었다. 답답한 마음에 연세대를 찾아갔다. 왜 떨어졌냐고 따져 물었다. 용역업체 관리자가 서류를 뒤지더니 대뜸 신용불량자가 아니냐고 물었다. 그 말을 듣자 마음이 차갑게 가라앉았다. 따져 묻고 싶던 생각이 싹 사라졌다. 갖은 회한이 가슴 깊이 똬리를 틀었다. 별말 없이 알겠노라 말하고 자리에서 일어났다. 문을 열고 나서려는데 관리자가 정복 씨를 다시 불러 세웠다.

그 관리자는 교활하게도 원래 임금이 90만 원인데 80만 원에 일할 생각이 있으면 시켜주겠다는 제안을 했다. 몇 달이 지나면서 정복 씨의 사정을 알게 된 관리자는 낮밤 이교대로 두 명이 해야 할 근무를 혼자서 하면 140만 원을 주겠다고 또 다른 제안을 했다. 경비실에서 숙식을 해결하면 방값도 들지 않고 돈도 배로 벌 수 있다고 생각했던 정복 씨는 그 제의도 받아들였다. 그때부터 2007년 M개발에 의해 학교에서 쫓겨날 때까지 그 조건으로 일했다.

이게 왜 교활한 짓인지 말해둘 필요가 있겠다. 학교는 용역업체와 계약을 할 때, 노동자 1인당 임금을 정확히 산정해서 도급비로 지급한다. 받은 금액보다 적은 임금을 노동자에게 지급하면 회사나 관리자 입장에서는 차액만큼의 공돈이 생기는 셈이다. 게다가 정복 씨가 2007년에 받았던 140만 원은 터무니없이 적은 돈이다. 법을 따지지 않고 단순히 두 명 몫을 더하더라도 그보다는 훨씬 많은 금액이 나온다. 남은 돈이 어디로 갔는지는 빤하다.

정복 씨는 아직도 자신이 있는 곳을 자식들에게 알리지 못하고 있다. 노모와 자식들 소식도 누나를 통해 전해 듣는다고 한다. 그래서인지 명절이 가장 싫다고 했다. 동료가 가족들을 만나러 떠나고, 학생들도 교수들도 남지 않은 건물 경비실에서 혼자 이불을 덮고 누워 잠을 청하려

이 좁은 경비실이 정복 씨가 가진 모든 삶의 공간이었다. 그나마 이곳을 지키기 위해 정복 씨는 부당한 처우와 숱한 부조리들을 감내해야 했다.

고 하면 그간 잊었던 일들이 생생히 살아나 견디기 힘들다고……. 호탕하고 단단해 보이던 정복 씨. 그 고개 넘고 바다 건너는 이야기를 담담하게 해주던 정복 씨. 믿기 힘든 이야기를 하면서도 웃어 보이던 정복씨. 그 정복 씨가 갑자기 한 방울 눈물을 코끝까지 흘려보냈다.

눈물. 가슴에 알알이 박히는 눈물.

기억

가슴에 알알이 박히는 눈물.

정복 씨의 눈물.

그 때문에 원치 않게 나는 곧 그에게서 익숙한 얼굴을 찾아내고야 만다. 내가 아무에게도 할 수 없던 이야기를, 그가 내 아버지의 눈을 한채 쏟아내고 있다. 그 눈이 가혹하다. 이렇게 뜻하지 않은 장소에서 가슴 한구석에 오랫동안 은밀히 처박아놓은 아버지, 당신의 얼굴을 보게될 줄은 몰랐다.

내 어린 시절, 한 전문대학의 교직원이었던 아버지는 저녁이면 양손에 내가 좋아하는 과자를 한 보따리씩 사 들고 아이처럼 방글방글한 얼굴로 현관문을 열고 들어왔다. 엄마는 작은 피아노 학원을 했다. 집에서는 항상 은은한 피아노 소리가 흘러나왔다.

어느 날, 퇴근 시간이 넘었는데도 아버지가 나타나지 않았다. 하루가 지나고 이틀이 지나도 아버지는 오지 않았다. 엄마는 경찰에 실종신고를 하고 나중엔 아버지의 직장을 찾아가 우리 남편 어디 있느냐고 난동을 부렸다.

수소문하여 어렵게 아버지를 찾아간 곳은 경기도 외진 곳에 있는 한 소금 공장이었다. 빳빳하게 다린 하얀 와이셔츠 위에 타이트하게 맨 넥타이가 항상 반듯했던 아버지는, 피골이 상접하고 수염도 제대로 안 깎은 꾀죄죄한 모습의 소금 공장 노동자가 되어 있었다. 낯선 모습의 아버지에게서는 내가 좋아하던 향긋한 스킨 냄새가 아니라 짭짜름한 소금냄새가 났다. 돌아오는 길에 아버지는 끝내 아무 말도 하지 않았다. 그런 일이 몇 차례 더 있었다.

이후 아버지는 제대로 된 직장을 구하지 못했다. 엄마는 피아노 학원과 집을 팔았다. 나와 동생들의 몸집은 점점 더 커가는데 집은 점점 더 좁아졌고 삶은 궁핍해져만 갔다. 엄마는 한 개에 10원인가 하던 인형 눈을 붙이다 막상 제 눈이 빠질 지경이 되어서야 피곤에 지쳐 잠들곤 했다.

나는 그때 초등학교 3학년이었다. 학급에서는 반장이었다. 엄마는 항상 내 머리를 곱게 빗겨주고, 옷매무새를 말끔하게 해줬다. "못사는 집 아이인 것을 티 내지 마라". 나는 옷에 김칫국물 자국을 남기거나 소매에 더러운 것을 묻히고 다니는 일은 절대 하지 않았다. 못사는 집 자식이었던 내 짝은 친구들의 놀림거리가 되었다. 나는 그 친구의 닳아빠진 옷소매와 발에 밟힌 지렁이처럼 헝클어져 있는 운동화 끈, 누렇게 말라붙은 콧물이 싫었다. 엄마는 이웃 아줌마와 이야기할 때 어색하리만큼 호탕한 웃음으로 밤새 얼룩진 눈물 자국과 가난으로 깊게 팬 주름살을 감추려 했다. 남에게 가난을 티 내지 않기 위해 발버둥치는 엄마의 모습에서 나는 역으로 가난이 부끄러운 것임을 배웠다.

우리 집은 빚쟁이들을 피해 자주 이사했다. 아버지를 아는 사람이 집에 찾아오거나 전화를 하면 나와 내 동생들은 "여기 그런 사람 안 살아요. 우리 아버지의 성함은 ○○○이에요"라고 다른 사람의 이름을 말해야 했다. 아버지의 손님은 누구냐에 상관없이 일단 불청객 취급을 받았다. 아버지는 친가와도 연락을 끊었다. 명절이 되면 일가친척들이 몰려들어 북적북적 떠들썩한 이웃집들. 그 바람에 명절을 맞은 아버지의 침묵은 오히려 소음처럼 선명해졌다. 아버지의 이름 석 자는 당신의 몸보다 훨씬 먼저 무덤 속에 들어가 악취를 풍기며 부패하고 있었다.

가슴에서 알알이 터지는 눈물

2007년, 나는 연세대학교에 입학했다. 학교에도 집에도 정을 못 붙이고 떠돌았다. 해가 지나면서 정도는 심해졌다. 그러던 차에 한 수업에서 알게 된 사람이 마음에 들어오기 시작했다. 그는 늘 당당하고 자신감에 차 있었다. 나와 다른 그 모습이 좋아 그를 따라 무작정 '살맛'이라는 모임에 들어갔다.

'살맛' 친구들과 어울리며 연세대 노동자들과도 더불어 지내기 시작했다. 노조 사무실에 가서 조합원들과 같이 밥을 먹고 소풍을 가고 집회도 갔다. 백양로를 지나다가 조합원을 만나면 인사하는 게 어느덧 어색하지 않게 되었다. 휴게실에 놀러 가서 커피 한잔의 여유를 나누고, 겨울이면 백양로 삼거리에서 김장을 해서 나누어 먹기도 했다. 그들이 팔뚝질할 때 옆에서 함께 팔뚝질을 하는 것이 어느덧 어색하지 않게 되었다. 일상에서 더 자주 만났기 때문일까. 학교 안에서 청소복을 입고 일하는 모습을 우연히 마주치면 '아 맞다 이분들이 청소부였지' 하는 생각이 그제야 들었다. 그러면서도 지나가는 학생들 뒤로 배경처럼 묵묵히 쓰레기를 주워담는 그들의 모습이 그렇게 이상하고 어색해 보일 수가 없었다.

한번은 '살맛' 친구 한 명과 노점상들의 집회에 간 적이 있었다. 간밤에 구청의 지시를 받은 포클레인 몇 대가 장사를 하고 있던 노점을 그 자리에서 쓸고 가버렸다고 했다. 집회 대열에 끼어 앉았다. 아스팔트 위가 불에 달군 프라이팬처럼 뜨거운 여름이었다. 거기에 사람들이 널브러진 듯이 주저앉아 구청을 바라보고 있었다. 어느 순간, 노점상 한 명이 감정을 주체하지 못하고 "야 이놈들아!" 하면서 울분을 터뜨렸다.

기다렸다는 듯이 경찰들이 달려들었고 곧 아수라장이 펼쳐졌다.

나는 당황했다.

가슴에서 알알이 터지는 눈물.

터진 눈물이 한없이 쏟아졌다. 같이 갔던 친구가 왜 우냐고 물었다. 나는 그때 "그냥 안쓰럽고 불쌍해서……" 라고 대답했다.

이제야 고백한다. 고운 손으로 피아노를 치던 우리 엄마는 그 무렵, 손이 거친 노점상이 되어 있었다. 리어카를 끌고 땡볕에 서서 곶감을 팔다가 단속이 나오면 먹고살자고 하는 짓인데 너무하는 거 아니냐고 고래고래 소리를 지르면서 싸우다 돌아오곤 했다. 그러면 나는 "엄마는 왜 맨날 싸우고 다녀? 창피해" 하며 문을 닫고 방으로 들어가버렸었다. 나는 말라붙은 곶감처럼 날이 갈수록 햇볕에 그을려 추해지는 엄마의 얼굴을 제대로 보지 못했다. 곶감이 잘 팔리면 신이 나서 자랑을 하는 엄마의 때늦은 천진함이 불편했다. 엄마는 "길거리에서 곶감을 팔고 있는 나를 만나면 인사하지 말고 네 엄마가 아닌 척해라." 하고 장난처럼 말했다. 나는 진담처럼 엄마를 외면했다.

그날 구청 앞에서, 불청객 같은 눈물이 부끄러워 고개를 들 수 없었다. 노점상 엄마를 외면하면서 노점상의 딸이 아닌 척하고, 단속반과 싸우고 돌아온 엄마를 타박했으면서 이 사람들의 집회 대열에 끼어 앉아 같이 팔뚝질을 하고 있는 나 자신이 '흉물' 같았다.

이제야 또 고백한다. 사실 연세대 조합원들과 인사를 하면서도 그녀들에게서 엄마의 얼굴이 보일까 불안했다. 언성을 높이며 용역회사나 학교에 항의하는 조합원에게서 허구한 날 단속반과 싸우고 돌아오는 엄마의 억척스러운 얼굴이 보이는 것이 불편했다. 그런 엄마를 외면하면서, 노동자들과 연대한답시고 어설프게 설치고 다니는 나의 이중성을 직면하는 순간이 괴로웠다. 노점상 엄마, 이름 없는 아버지를 부정하고 싶었듯 연세대 노동자들과 함께하면서도 그들과 같은 인생을 살게 될까봐 두려웠다. 나는 언제나 경계선을 밟고 아슬아슬하게 서 있었다. 안으로 뛰어들지도, 밖으로 나가지도 못하고 어정쩡한 자세로.

그날, 엄마에게 갔다.

오가는 사람들 사이로 곶감을 팔고 있는 엄마가 보였다. "엄마!" 처음으로 엄마를 길에서 크게 불렀다. 사람들이 돌아볼 정도로 크게. 엄마는 웃지도 울지도 못하는 어정쩡한 표정으로 나를 바라보더니 이내 옅은 미소를 지었다. 2008년 6월 뜨거운 여름이었다.

두 번째 이야기

옥순과 용락

   2008년 1월 28일. 노동조합을 결성한 청소 노동자와 학생들이 연세대학교 본관을 점거했다. 교지 기자로 활동하고 있던 나는 소식을 듣자마자 본관으로 향했다. 청소 노동자들의 본관 점거는 개교 이래 처음 있는 일일 터였다. 이전까지 청소 노동자들은 분명히 있기는 하지만 보이지는 않는 사람들이었다. 그런 청소 노동자들이 어느새 노동조합을 결성해 학교의 상징이라 할 수 있는 본관 한복판에 자리를 깔고 앉아 있었다. 취재하지 않을 수 없는 사건이었다.

   사실 마음에 빚도 있었다. 반년 정도 전 학생회관에서 일하는 청소 노동자들을 취재해 짤막한 르포기사를 쓴 적이 있었다. 원래는 하루 동안 함께 일하며 이런저런 이야기를 듣고 기사를 쓰는 기획이었다. 전날 편집실에서 자고 다음 날 새벽 5시에 청소 노동자들을 찾았다. 그렇게 하지 않으면 도저히 그 시간에 일어날 자신이 없었다. 어렵지 않게 청소 노동자들과 만나 기획에 대해 간단하게 설명하고 양해를 구한 뒤 함께 일을 하며 취재를 시작했다. 이제 조금 편하게 이야기하신다고 느끼기 시작할 즈음 청소 노동자들이 빨리 가보라며 손을 내저었다. 9시가 되면 관리자들이 온다는 것이었다. 학생들이랑 이야기하는 걸 보면 좋아할 리가 없다고 했다. 아쉬운 마음을 달래며 돌아서는 수밖에 없었다.

길지 않은 취재였지만, 그것만으로도 청소 노동자들이 처한 상황을 적어내기에는 충분했다. 최저임금에도 못 미치는 임금. 계약서상의 노동 시간보다 최소 2시간은 긴 실제 노동 시간. 초과 수당 없는 주 6일 근무. 유명무실한 연가제도. 당장 눈에 들어오는 위법 사항만도 한둘이 아니었다. 평소에는 게으름을 피우고 피우다가 마감 때가 다 되어서야 기사를 완성하는 일이 잦았지만, 이번만은 그러고 싶지 않았다. 취재가 끝나자마자 보고 들은 이야기를 기사로 옮겼다.

기사를 보고 청소·경비직 노동조합 결성을 준비 중이던 '살맛' 친구들에게서 함께하자고 연락이 왔다. 몇 차례 회의에 참석했으나, 반은 게으름 탓에 반은 바쁘다는 핑계로 그만두었다. 그게 못내 마음에 걸렸다.

본관의 육중한 문을 열자마자 중앙 현관에 수십 명의 청소 노동자와 학생들이 앉아 있는 모습이 눈에 들어왔다. 청소 노동자들의 얼굴에도, 학생들의 얼굴에도 긴장감이 역력했다. 안쪽 사무실에서는 양쪽의 의견이 맞지 않는지 고성이 들려오고 있었다. 사무실에서 오고 간 이야기의 결과가 바깥을 지키고 있는 노동자들의 고용 승계 문제와 앞으로의 처우를 결정할 것이었다. 먼저 사무실로 향했다.

사무실 안에서는 한참 동안 여러 가지 말이 오고 갔지만 중요한 진전은 보이지 않았다. 결국, 답답해진 노동조합 측 어느 사람의 입에서 고함이 터져 나왔다. "당신이 굴리는 펜대에 300명의 생계가 걸려 있어!" 그러나 학교 쪽 담당 직원이 할 수 있는 일도 그리 많지 않아 보였다. 그는 현장에는 절대 나타나지 않을 높은 사람의 연락만 기다리고 있는 듯 보였다. 지리한 대치가 예고되고 있었다. 안에 있어봤자 한동안은 더 나올 이야기가 없을 것 같았다. 틈을 봐서 다시 바깥으로 나왔다. 청소 노동자와 학생들 한 명 한 명의 이야기를 들어보기 위해서였다.

시간이 지날수록 긴장감이 감도는 사무실 안과 달리 바깥의 분위기는 화기애애해진 모양이었다. 1월, 찬바람이 사람들 사이를 뚫고 들어오는 계절이었다. 노동자와 학생들이 갖고 있는 난방 장비라고 해봐야 해져가는 이불과 건드릴 때마다 꺼졌다 켜졌다 하는 낡은 난로뿐이었다. 그래도 사람들은 떠날 줄을 몰랐다. 얼어붙은 바닥이 불편하다고 불평하는 사람 하나 없었다. 서로가 서로의 체온에 의지하고 서로의 이야기에 귀 기울이며 굳건하게 버티고 앉아 있었다. 시간을 거스른 봄기운이 그 사이로 흐르는 듯했다.

인터뷰를 하기 위해 나도 그들 사이에 자리를 잡고 앉았다. 노동 조건은 어땠나요, 일하시는 데 가장 힘든 점은 뭐였나요, 왜 본관 점거까지 하게 되었나요……. 한 명, 또 한 명 인터뷰를 진행했다. 그 사이사이에 자꾸만 어떤 얼굴이 아른거렸다. 아침부터 저녁까지 일하느라 늘 피곤에 젖어 있는……. 어느새 세월의 더께가 얹혀 자꾸만 하나둘 주름이 늘어가는……. 그러면서도 내게는 싫은 소리 한번 편히 하는 법 없이 다정하기만 한……. 바로, 엄마의 얼굴이었다.

엄마의 얼굴

어렸을 때부터 엄마는 밖에서 일하는 사람이었다. 내가 아니라 엄마가 어렸을 때부터 그랬다. 공장에서 시다 일을 해서 번 돈 5,000원, 인생의 첫 월급을 할머니에게 고스란히 가져다준 것이 열세 살 여름방학 때의 일이라고 했다.

결혼하고서도 엄마의 일은 계속되었다. 엄마가 하는 일이란 노동을 통한 자아실현, 그런 것과는 거리가 멀었다. 방직공장, 자개 붙이기, 화장품 방문 판매, 보험설계사, 튀김집 아르바이트, 세탁소……. 시대가 그랬나 보다. 그 시대에 태어난 여성 대부분이 노동시장에 뛰어들 때 하게 되는 일은 지루하고, 고되고, 벌이는 시원치 않은 노동뿐이었을 게다.

아침 7시면 학교에 가는 내 밥을 차려주고, 8시에 출근해 밤 9시에 돌아와서 드라마를 보다 졸음을 이기지 못해 잠이 드는, 일주일에 한 번 쉬는 날이면 밀린 가사 노동을 해야 하는 삶. 그것이 지난 20년간 엄마에게 허락된 삶의 전부였다. 그래서 남은 것은 빚뿐이다.

하나 있는 자식이 서울로 올라가버린 후 엄마의 삶에는 외로움이 더해졌다. 밤이 되면 무서워서 몇 번이고 자다가 깼다고 했다. 엄마의 친구들은 내가 집에 내려가는 날이면 엄마의 표정부터 바뀐다고 이야기하곤 했다. 그러나 철없는 아들내미는 나이가 들수록 엄마의 마음을 헤아려 따뜻하게 대해주기는커녕 갈수록 연락이 줄고 발길이 뜸해졌다. 따뜻한 말 한마디 건네기가 왜 그렇게 어려운지. 그래놓고 또 후회는 왜 하는지. 술이 거나하게 취한 날이면 나는 친구들을 붙잡고 엄마 이야기를 털어놓으며 엉엉 울었다.

딱 한 번 엄마의 삶이 여유 있어 보인 때가, 외롭지 않아 보인 때가 있었다. 아이러니하게도 엄마와 아빠가 별거를 결정한 직후의 일이었다. 별거 후에 광주로 이사했다. 새로 정착한 곳은 도로변에 살림방이 딸린 가게 넷이 줄지어 있는 곳이었다. 손님이 없을 때면 꾸벅꾸벅 조는 할머니의 슈퍼마켓. 화장기 없는 후덕한 인상의 아주머니가 종종걸음으로 달려 나와 고기를 내어주던 정육점. 하루걸러 하루 먹자판이 벌어지던 작은 술집. 그리고 손재주가 특출한 아줌마의 수선집, 바로 우리 집. 우리도 그곳에 이웃으로 받아들여졌다.

도시에서 자라 시멘트 감성을 가진 내게 마을이니 동네니 하는 말은

낯설기만 했다. 그러나 엄마는 달랐다. 금세 동네 사람이 되었다. 저녁
이면 술집에서 먹자판에 끼어들었다. 엄마의 수선집은 동네 사람들이
낮에 한담을 나누는 장소가 되었다.

불벼락 같은 일도 있었다. 이혼 수속을 밟기 전, 아빠가 사업에 실패
했다. 집에 온통 압류 딱지가 붙었다. 내가 학교에 간 사이에 일어난
일이었다. 엄마는 혹시나 내가 볼까 봐 빨간 딱지를 떼었으나 뒤숭숭
한 집안 분위기까지 숨길 수는 없었다. 불벼락이 번지지 않게 막아준
것은 이웃들이었다. 그 일 때문에 형사들이 집에 들락거리는 일이 잦
았다고 하는데, 내 유년의 기억에 형사들의 모습은 없다. 엄마를 숨겨
주고, 아이 올 때가 됐다며 형사들을 내쫓아주던 이웃들이 있었기 때
문이다.

그러나 그 한가함과 정겨움도 동네를 태우며 번지는 세월의 불길을
막지는 못했다. 백화점과 대형마트가 들어섰다. 마을은 밀려났다. 여
유로운 삶을 지켜주던 작은 수입마저 그리로 빨려 들어갔다. 엄마는 시
내의 커다란 백화점에 있는 수선 코너를 전전하기 시작했다. 정육점 아
주머니와 술집 아주머니는 나란히 장사를 접고 근처 대학가의 식당에
서 서빙 일을 시작했다. 14년간 동네 터줏대감이었다던 슈퍼마켓 할머
니도 버티지 못했다. 얼마간 도매점이 아니라 대형마트에서 라면을 떼
어다가 팔더니 우리가 떠나고 얼마 지나지 않아 장사를 접었다. 도로
건너편의 텅 비어버린 작은 놀이터만 쓸쓸하게 자리를 지켰다.

엄마는 다시 이전과 같은 삶을 시작했다. 일하고, 일하고, 일하고, 일어나면 다시 일하는. 그래도 빚은 미싱 돌듯 차곡차곡 쌓여가는…….

옥순의 목소리

인터뷰를 시작하고 얼마 지나지 않아 애초에 구상했던 기사에 필요한 인터뷰는 대충 마무리되었다. 일이 진행되는 상황에 따라 연락을 주겠다는 약속도 받았다. 그러나 도저히 떠날 수가 없었다. 사람들 사이에서 아른거리던 엄마의 얼굴은 어느덧 청소 노동자들의 얼굴에 겹쳐지고 있었다. 엄마의 삶과 여기 앉아 있는 청소 노동자들의 삶이 크게 다르지 않으리라는 예감이 자꾸만 발목을 붙잡았다. 어쩌면 너무나도 당연한 예감이었다. 나는 삼삼오오 모여 앉아 있는 사람들 사이에 끼어들었다. 그리고 조금 다른 질문을 던졌다. 그냥 살아온 이야기가 듣고 싶었다.

거기에 옥순 씨도 있었다.

옥순 씨는 1957년 충청도에서 태어났다. 4남매의 맏이였다. 그 자리가 옥순 씨의 족쇄였다. 아버지가 일찍 돌아가시고 어머니마저 아팠다. 집안일을 꾸리고 동생들을 돌보는 일은 어쩔 수 없이 모두 옥순 씨의 몫이었다. 가끔, 아픈 어머니를 리어카에 태우고 집에서 병원까지 30리

길을 오갔다. 좁은 흙길 좌우로 논밭이 넓게 깔린 촌구석에서 그 허허
벌판이 어디서 끝나고, 언제쯤 읍내가 나올지 고개를 길게 빼고 리어카
를 끄노라면 리어카의 무게만큼, 오가는 길의 거리만큼 옥순 씨의 마음
에 무거운 철이 들곤 했다. 그 짐작 같은 때 이른 철듦이 옥순 씨에게
중학교를 포기하게 했다. 그때 옥순 씨 나이 열둘이었다.

 초등학교를 졸업하자마자 이웃집에 품을 팔러 다녔다. 5년을 그렇게
보내자 동생들이 고등학교에 가야 할 시기가 되었다. 품팔이로는 학비
는커녕 자라며 위가 커지는 동생들의 먹성을 감당하기도 어려웠다. 밤
이면 일자리를 찾아 도시로 떠난 동네 언니 오빠들이 눈에 밟혀 잠자리
에 누워 도시를 생각했다. 그러면 동생들과 어머니를 부양하고 집을 일
으켜 세울 수 있을지도 모른다는 희망이 솟아오르곤 했다. 그러나 다른
한편으로는 타향살이에 대한 두려움과 가난에서 벗어날 수 없을지도
모른다는 생각이 옥순 씨를 내리눌렀다. 마음속의 갈등을 빨리 해결하
라 재촉한 것은 현실이었다. 날이 갈수록 동생들의 고등학교 입학 날짜
는 다가왔고 쌀독은 비어갔다. 옥순 씨는 도시행을 결심했다. 무작정
올라갈 수는 없는 노릇이라 친척들을 수소문했다. 마침 서울에 사는 이
모와 연락이 닿았다.

 옥순 씨는 서울로 올라가는 차 안에서 무슨 생각을 했을까. 옥순 씨
는 너무 빨리 철이 들어버린 것이 가장 후회스럽다고 했다. 동생들처럼
중학교에 보내달라고 떼를 썼어야 했다고 회상했다. 열일곱까지 자신

에 대한 욕심을 억눌러야 했던 소녀의 가슴에 새겨진 상처는 무엇일까. 그 상처를 누구에게도 말하지 못한 채로 버스에 오르며 다시 한 번 무엇인지도 모르는 자신에 대한 욕심을 억지로 집어삼킨 소녀의 표정은 어떠했을까. 나는 다시 엄마의 얼굴을 떠올렸다. 어렸을 때는 골목대장, 학교에 다닐 때는 반장을 도맡아 했던 엄마의 욕심은 선생님이었다. 엄마의 욕심도, 옥순 씨의 욕심도 각박한 세상 앞에 사그라졌다.

내 상념과는 아랑곳없이 옥순 씨는 이야기를 이어갔다. 이모 집에 살면서는 공장에 다녔다고 했다. 크리스마스트리용 전구를 만드는 공장을 거쳐 스타킹을 만드는 공장에 취직했다. 스타킹을 만드는 공장에서 옥순 씨는 반년 정도 시다 노릇을 했다. 기술자들이 기계를 만지면 어깨너머로 틈틈이 기술을 익혔다. 눈썰미도 좋고 손재주도 좋았다. 곧 기계를 만지고 고칠 수 있게 되었다. 남자들도 잘 만지지 못하는 기계를 누구보다 능숙하게 다루게 되면서 기술자 대접을 받았다. 월급도 껑충 뛰었다. 5년을 일했다. 그사이 동생들은 고등학교를 졸업했다. 시골 본가 집을 허물고 새집도 지어 올렸다. 자리가 잡히자 선이 들어왔다. 집안 어른들의 소개로 꽃 피는 봄에 선을 보고 단풍이 드는 가을에 식을 올렸다. 옥순 씨 나이 스물셋, 건축 기술자인 신랑은 스물여덟이었다.

옥순 씨의 결혼기념일은 10월 28일. 결혼 연도는 1979년. 바로 박정희 대통령이 사망한 그 이튿날이다. 그 바람에 옥순 씨는 결혼식을 경찰서에 신고한 후에 치렀다. 떨떠름한 표정으로 결혼식을 받아준 경찰들도 신혼여행까지는 허가하지 않았다. 옥순 씨는 신혼여행도 가지 못하고 결혼식만 조용히 치렀다. 신혼여행이며 결혼을 국가가 허락해야 할 수 있던 시절이었다. 하기야 그런 시절이 아니고서야 학교를 걷어차고 동생들을 공부시키고 어머니께 집까지 지어준 스물셋의 당찬 처녀가 어찌 중매결혼을 했을까.

결혼한 뒤에는 평탄한 주부 생활이 지속됐다. 별일 없이 세월이 흘렀다. 그러나 옥순 씨에게는 지겹고 나른한 세월이기도 했다. 자기 일을 가지고 살던 젊은 시절에 비하면 너무 자극이 없는 세월이었다. 일터에는 늘 친구와 동료가 있었지만 옥순 씨에게는 옆집 이웃밖에 없었다. 그마저도 세월이 흐르며 들어서는 대형마트며 서울의 상업 건물들이 몰아내고 있었다. 주부들이 낮이면 앉아 수다를 떠는 동네 슈퍼 앞 평상이 마트에 찢겨 발겨졌다. 삭막한 상업 건물이 들어앉아 이웃들 사이를 가로막았다.

몇 남지 않은 이웃 중에 이화여대에서 청소일 하던 친구가 있었다. 용돈도 벌고 운동도 할 겸 같이 청소일을 하자고 옥순 씨를 꾀었다. 인간의 인연은 가끔 우연에 의해 맺어지나 보다. 옥순 씨가 이화여대에 갔을 때, 우연히도 이화여대에 빈자리는 이미 차고 없었다. 또 우연히 이화여대 청소 용역업체가 연세대에서도 청소 용역을 맡아 진행하고 있었다. 마지막 우연은 때마침 연세대에 건물이 하나 신축되어 그 건물에 청소 노동자가 필요했다는 것이다. 용역업체의 관리자는 옥순 씨에게 연세대 신축 건물에서 일을 해보라고 제안했다. 나와 옥순 씨의 만남은 옥순 씨가 이화여대에서 만난 우연이 아니었다면 이루어지지 못했을 것이다.

일을 시작하자 새벽에 출근하느라 아침을 차리지 못하는 날이 많아졌다. 옥순 씨의 신랑이 토라졌다. 그 정도 돈 때문에 아침도 못 차릴 정도면 차라리 일을 하지 않기를 바랐다. 그러나 옥순 씨는 이미 일터에 재미를 붙인 후였다. 일이 끝나면 동료와 시장에서 저녁을 먹으며 놀거나 일터에서 수다를 떠는 일이 옥순 씨에게는 삶의 활력소였다. 거기가 새로운 평상이었다. 옥순 씨는 일을 그만둘 수 없었다. 용역업체가 인건비를 빼돌리기 위해 노동자 수를 줄여 일이 힘들어져도, 최저임금에도 미치지 않는 임금이 10년 넘게 지속돼도, 관리자들이 돈을 요구하며 겁박을 해도.

그녀는 1994년에 입사해서 노수석 열사의 죽음과 운구 행렬, 종합관이 불에 타고 학교가 경찰과 군인들에게 장악되는 역사적 장면들을 보며 일을 했다. 역사는 가쁘게 흘러갔지만 월급은 숨이 멎은 듯 변화가 없었다. 누군가의 삶을 감당하기에는 너무 버거운 임금이었다. 관리자들은 왕처럼 행세하며 동료의 가슴에 상처를 안겼다. 옥순 씨의 평상에서 수많은 동료의 삶이 밀려나고 있었다. 옥순 씨는 투쟁을 시작할 수밖에 없었다.

나의 발길

한창 뛰어놀아도 좋을 나이. 열셋의 엄마도, 열둘의 옥순 씨도 그 어린 나이에 공부도 노는 법도 아닌 일하는 법을 배워야 했다. 막상 뛰어든 일터는 교육받을 기회를 얻지 못한 여성들에게 유독 가혹했다. 간혹 찾아들던 삶의 여유는 도시화의 물결 앞에 허랑하게 무너지곤 했다. 예감은 확신이 되었다. 이야기를 나누는 내내 엄마를 보며 가져온 미안함과 안타까움이 옥순 씨에게 덧씌워지곤 했다.

언젠가는 엄마가 옥순 씨와 꼭 같은 상황에 처하게 될 수도 있지 않을까. 아니 나라고 해서 다를까. 그때 옆에 한 명이라도 더 서 있다면 인생에서 처음 뛰어든 싸움에서 겪게 될 외로움과 괴로움이 조금이라도 덜어지지 않을까. 어느새 나는 그런 질문들을 던지고 있었다. 마침 반년 전과 꼭 같이 한 '살맛' 친구가 함께하자는 말을 건네온 참이었다. 이번에는 어떤 핑계로도 발길을 돌려 외면할 수 없었다.

2008년 1월 28일 어두운 밤이었다.

세 번째 이야기

성희와 세현

　학생들과 친하게 지내는 노동자가 많은 연세대에서도 성희 씨는 학생들에게 특별한 사랑을 받는다. 성희 씨는 운동하는 학생을을 안쓰럽거나 고맙게 여기지 않는다. 그녀는 학생들이 운동하는 것을 이해하고 독려한다.

　언젠가 나는 조합원들이 많이 있는 자리에서 어느 노동자에게 이렇게 운동을 하면 집에서 걱정하지는 않느냐는 질문을 받았다. 뼈아픈 질문이었다. 대학에 들어와 운동을 시작한 나는 집안의 골칫거리가 됐다. 어머니와 아버지가 직접적으로 타박하지는 않았다. 그러나 늘 미래를 생각해서 자기 자신에게 투자하라는 이야기를 에둘러 꺼내고는 했다. 그럴 때마다 나는 고독함을 느꼈다. 고독함이 다가 아니었다. 주위의 친구들이 토익이나 기말고사를 준비할 때면 나는 이러다가 정말 도태되지는 않을까 하는 불안감에 휩싸였다. 그래서 바로 대답을 못 하고 우물쭈물거렸다.

　며칠이 지나고 성희 씨가 그때의 일을 다시 꺼내며, 자신이 살아온 인생 이야기를 풀어놓았다. 그 이야기를 하던 성희 씨의 눈빛을 잊을 수가 없다. 가족보다 친구보다 나를 더 잘 이해하는 사람이 거기서 내게 말을 걸어오고 있었다. 거기에는 한 줌의 거짓도 위로도 없었다. 피하지 않고 나를 마주 보는 성희 씨의 눈빛이 아픈 내 마음을 치유하고 있음을 그때 느꼈다. 지금부터 성희 씨가 내게 들려준 이야기를 시작하려 한다.

세 번의 좌절

　1950년 한국전쟁이 있던 해, 부산으로 향하는 피난민들의 행렬에 한 가족이 있었다. 경북 상주에서 피난을 시작한 가족이었다. 여느 피난민들처럼 남자는 짐을 잔뜩 이고 있었다. 여자는 갓난아이를 등에 이고 품에는 둘셋 먹은 남자아이를 안고 있었다. 겉보기와 달리 일행은 사실 다섯이었다. 여인의 배에 아이가 자라고 있었기 때문이다.

　부산에 도착한 부부는 곧 아이를 낳았다. 부산에서 태어난 아이는 전쟁이 끝나자 가족을 따라 상주로 돌아와 스물둘이 되는 해까지 그곳에서 자라고 살게 된다. 그 아이가 바로 이 이야기의 주인공, 우리와 2007년도에 만난 박성희 씨다.

성희 씨는 어려서부터 영특하고 씩씩했다. 집안에서도 마을에서도
어른들의 귀여움을 독차지했다. 공부도 잘해서 초등학교 선생님들도
모두 성희 씨를 좋아했다. 주변 사람들은 모두 이 똑똑한 아이가 당연
히 중학교로 진학하리라고 믿었다. 집에서도 성희 씨를 학교에 보내고
싶은 욕심이 있었다. 가족은 성희 씨가 초등학교를 마칠 때쯤 작은 땅
을 샀다. 아버지는 몇 해 안에 거기서 나는 소출로 성희 씨를 중학교에
보내주겠노라 약속도 했다. 그러나 막상 성희 씨가 중학교에 갈 나이가
되자 갑작스럽게 성희 씨의 어머니가 돌아가셨다. 아버지와 성희 씨의
약속은 지켜지지 못했다. 첫 번째 좌절이었다.

집안에 일손이 부족했고 육 남매에 아버지까지 남은 일곱 가족의 살
림을 꾸려갈 사람도 필요했다. 마음이 상할 법도 하지만, 성희 씨는 마
음을 다잡았다. 젊은 나이에 어머니와 사별한 아버지를 볼 때면 가슴이
아팠다. 아버지 기분을 상하게 하지 않으려고 노력하면서 동생들을 돌
봤다. 시간이 나면 밭일도 도왔다.

성희 씨네 마을에는 유독 외지에서 들어와 조용히 고시를 준비하는
젊은 학생들이 많았다. 그중 한 남학생이 성희 씨를 안타깝게 본 모양
이었다. 그 학생은 성희 씨가 밭일하면 지나다 돕기도 하고 성희 씨에
게 자신이 꼭 고시에 합격해서 학교를 보내주겠노라 입버릇처럼 이야
기했다. 그게 문제였다. 이야기를 나누는 장면들이 입소문을 타고 흘러
어른들의 귀에 들어갔다. 아버지는 성희 씨를 호되게 꾸짖었다. 이후로

성희 씨는 그 남자를 피해 다녔다. 자연스레 거리가 생겼고, 결국 고시를 치른 남자는 마을을 떠났다. 성희 씨의 언니는 그 남자가 멀리서 어른거리면 얼른 성희 씨를 숨기곤 했다. 성희 씨와 그 남자 사이에 무슨 일이 있어서가 아니라 어른들의 성화가 무서워서였다.

지금 생각해보면 성희 씨에게도 애석한 일이고 그 남학생에게도 억울한 일이다. 그때 그 남자의 나이가 스물여덟이었다니, 성희 씨와는 띠동갑도 넘는 나이 차이였다. 아마 그 남자도 어린 나이에 영특한 재주를 가지고도 학교에 가지 못하는 성희 씨가 안타까웠을 것이다. 세상의 부조리를 자기 힘으로 타파해보겠다는 젊은 혈기도 한몫했을 것이다. 그 일이 없었다면 성희 씨도 도움을 얻어 늦게라도 진학을 했을지 모른다. 이게 두 번째 좌절이었다.

학교에 가지는 못했으나, 성희 씨의 전반적인 고향 생활은 평화로웠다. 어른들의 말을 거스르는 일도 없었고 눈치도 빨라 주변 사람들과 좋은 관계를 유지했다. 마을을 떠날 일이 없어 보이던 성희 씨가 서울로 올라오게 된 발단은 오빠의 결혼이었다. 안주인 자리를 놓고 올케와 기싸움이 시작된 것이다. 둘 사이에 묘한 기류가 흘렀다. 맏며느리 체면을 생각해 성희 씨의 아버지는 올케에게 안방을 내주었다. 그 서운함 때문에 올케와 다투는 일이 잦아졌다. 스물둘의 성희 씨에게 그 불편함은 다퉈 이겨내야 할 일이 아니라 피해 돌아가야 할 일이었다. 올케를 굳이 이겨 가족 간의 의를 상하게 하기도 싫었고, 그게 아니더라도 제

길을 찾아 나설 나이였기 때문이다.

집을 나와 서울 고모네 집에 방을 얻었다. 사촌 오빠는 성균관대를 다니고 있었다. 당시로는 대단한 엘리트였는데 이 사촌의 눈에도 성희 씨의 재능이 아까워 보였던 모양이다. 뒤돌아보면 성희 씨에게는 마지막 기회였다. 사촌 오빠는 졸업 후 취업을 하면 성희 씨에게 공부를 시켜주겠노라 약속했다. 성희 씨도 바라던 바였다. 기회를 또 놓치기는 싫었다. 그런데 일이 안되려고 그랬는지 그해 고종 오빠가 심장병으로 죽었다. 그날부터 공부에 대한 욕심을 깨끗하게 지웠다. 운명이 닿지 않는다고 생각하기로 했다. 아들을 잃고 힘들어하는 고모도 돕고 기술도 익힐 겸, 고모가 운영하는 한복집에서 한복 만드는 일을 시작했다. 세 번째 좌절이었다. 그리고 성희 씨는 체념했다.

스물넷이 되자 중매가 들어왔다. 남편은 전자오르간 영업사원이었다. 벌이가 나쁘지 않았다. 성희 씨도 분가하며 고모에게 받은 돈이 있었다. 남편이 모아둔 돈과 성희 씨 돈을 합쳐 창경궁 앞에 작은 구멍가게를 냈다. 장사는 놀랄 정도로 잘됐다. 똑똑하고 사랑스러운 성희 씨의 재능이 빛을 발했다.

잘되던 장사를 그만두게 한 것은 변해가는 세상이었다. 1970년대 후반 근처 공장들이 정부 정책에 따라 구로동으로 밀려나기 시작했다. 성희 씨의 능력과는 별개로, 찾아오는 손님이 없어졌다. 시간이 지나면서 대형 슈퍼마켓도 들어섰다. 그사이 아이가 생겨 성희 씨도 더는 가게를 지속할 이유가 없어졌다.

가게를 접고 그간 모아둔 돈으로 남편이 건축업을 시작했다. 성희 씨의 가게를 밀어낸 시대가 남편의 건축업에도 바람을 불어넣었다. 태풍에 바닷물이 뒤집히듯 전 국토가 뒤집히는 시대였다. 아침이면 성희 씨는 아이를 업고 기저귀 보따리를 들고 남편과 함께 출근했다. 퇴근하고 집으로 돌아올 때면 보따리에는 기저귀 대신 돈다발이 가득 담겨 있었다. 개발 붐은 꺼질 줄을 몰랐다. 10년 정도 건축업으로 돈을 벌어들였다. 성희 씨는 아들에 이어 딸을 낳았다. 어린아이들이 각자 방을 갖고 있을 정도로 부유했다.

호사에는 정말 마가 끼는 법일까. 한순간에 모든 것이 날아갔다. 남편이 서준 보증이 잘못됐다. 남은 돈으로 월세를 구했다. 원래 가게로 쓰던 곳이라 건물 자체는 넓었다. 차마 아이들 방을 뺏을 수 없어 구한 집이었다. 성희 씨도 다시 돈을 벌어야겠다는 생각을 했다. 아르바이트를 시작했다.

별안간에 벌어진 힘든 상황 속에서도 아들딸의 교육에는 돈을 아끼지 않았다. 자신의 한을 물려주고 싶지 않았다. 엄마의 마음을 알았을까? 아들은 서울대 법대에 딸은 국민대에 진학했다. 그사이 돈을 모아 작은 호프 체인점을 차리고 성희 씨도 재기했다. 다시 한 번 성희 씨의 재능이 유감없이 발휘됐다. 가게는 항상 만원이었다. 남편도 일을 그만두고 가게 일을 함께했다. 2002년까지 장사를 했다.

의외의 극복

경제적 문제가 해결되자 다른 문제가 생겼다. 아들이 운동권이 된 것이다. 성희 씨는 학기 중에는 시위를 쫓아다니고, 방학이면 철거촌을 돌아다니는 아들을 이해할 수 없었다. 힘들게 들어간 학교에서 공부하지 않는 아들이 밉기도 했다. 공부가 하고 싶어도 할 수 없어 한이 된 성희 씨의 눈에 아들은 기회가 주어졌는데도 걷어차는 걸로만 보였다. 아들도 엄마를 이해하지 못했다. 그 불협화음이 성희 씨를 점점 지치게 했다. 어딘가 마음 한구석이 허전했다. 별다른 인생의 목적이 없으니 돈을 벌어도 쓸 곳이 없었다.

시간이 흐르면서 성희 씨는 나이를 먹어갔고 아들은 운동으로 유예됐던 군대에 갔다. 딸도 졸업했다. 신기하게도 때를 맞춰 장사의 기세도 기울었다. 더는 욕심도 없었다. 편하게 노후를 보내고 싶었다. 남편이 편한 일을 알아보기 시작했다. 찜질방이 우후죽순으로 생겨날 때였다. 남편이 찜질방에서 옷을 빌려주고 돈을 받는 사업을 생각해 왔다. 한 벌을 천 원에 빌려주면 찜질방 주인 몫과 세탁비를 빼도 500원이 남는 장사였다. 가게를 빼서 남편의 사업을 밀어주기로 했다.

그런데 그 결정이 실수였다. 사기를 당한 것이다. 가세가 급격하게 기울었다. 1년 정도를 집에서 쉬는데 우울증에 걸린 것처럼 힘들었다. 자다 깨는 일이 잦았고, 낮이면 넋이 나간 사람처럼 멍하니 있었다. 갑자기 영문을 알 수 없는 우울한 감정이 찾아와 눈물을 흘리기도 했다.

그대로 있다가는 큰일이 날 것 같았다. 일이라도 해야겠다 결심을 하고 일자리를 찾았다.

성희 씨의 삶이 롤러코스터를 타는 동안 세상도 몇 번 바뀌고 바뀌어, 더는 무일푼인 여성이 할 수 있는 일이 없었다. 예전처럼 젊지도 않았다. 몇 군데를 찾다 연세대에 청소 노동자로 입사했다. 그때가 2005년이었다.

2007년 학생들과 만나고 2008년 노동조합이 만들어질 때까지 연세대에서 성희 씨가 겪은 일은 아들이 대학을 다니며 맞섰던 해묵은 현실이었다. 노동자들에게 왕처럼 구는 관리자, 일상적인 언어폭력, 눈에 뻔히 보이는 비리들. 근로기준법이나 최저임금제 같은 최소한의 법조차 지켜지지 않는 비현실적인 현실을 그곳에서 성희 씨는 몸으로 마주했다. 그러나 노동자들 본인을 제외하면 아무도 거기에 관심이 없었다. 지독한 2년이었다.

대신 그 2년 동안 성희 씨는 아들을 이해했다. 지하의 열악한 휴게실 위로 학생과 교직원, 교수들의 무심한 발소리가 들리면 성희 씨는 아들을 생각했다. 그녀가 아들에게 요구했던 것이 저런 무심함이었을 수도 있겠다는 생각을 했다. 아들은 성희 씨를 이해하지 못한 것이 아니라 성희 씨의 말을 따를 수 없었으리라. 차오르는 분노에 관리자와 다투기라도 하면 성희 씨는 아들이 되어보는 기분이었다. 아들은 든든한 지원

군이 됐다. 현장 관리자의 잘못을 조목조목 짚어내고 그를 두려워할 필요가 없다고 독려했다. 큰 힘이었다. 2007년 학생들이 휴게실을 찾아왔을 때, 성희 씨는 그 힘을 학생들에게 나누어주었다. 학생들은 먼저 노동조합을 만들자고 이야기하고 학생들을 독려하는 성희 씨에게 자극받았다.

서로의 입장에 서본다는 것

대부분의 사람들은 자신이 타인에게 이해받기를 원한다. 상대가 가족이나 친구라면 더 그렇다. 그러나 사람은 누구나 타인을 온전히 이해하지 못한다. 어쩌면 성희 씨는 나를 꾸짖고 있었는지도 모르겠다. 나는 한 번도 내 아버지와 어머니의 삶을 이해해보려 한 적이 없으니까. 나는 아버지의 입장도 어머니의 입장도 되어본 적이 없다. 되어보려고 한 적도 없다. 그러면서 나를 이해해주기를 바랐으니.

운동이 누군가와 소통하는 것이고 결국 자기 자신과 다른 사람들을 변화시키는 것이라면, 성희 씨는 누구보다도 훌륭한 운동가이다. 학생들과 그들의 운동, 모두를 이해하는 성희 씨의 이야기는 늘 그녀와 대화하는 학생들을 변화시킨다. 운동이 뭔가 거시적이고 거대한 것이라고 믿는 학생들을 부끄럽게 한다. 그래서 성희 씨와의 대화는 늘 축복

2008년 봄, 우리는 조용하지만 힘차게 투쟁의 첫걸음을
내딛었다. 물론 그때만 해도 우리가 이렇게 긴 길을 걸어
오게 될 줄은 몰랐다.

받은 성장의 장이 되고는 한다.

2007년 학생들과 노동자들의 만남이 노동자들에게는 자신들이 처한 엄혹한 상황을 타파할 기회였다면, 학생들에게는 자신을 변화시키고 성장하는 기회이지 않았을까? 나는 가끔 그때를 추억한다. 그러면 늘 노동자들과의 만남을 고맙게 생각하게 된다. 성희 씨와의 대화 이후로 나는 아버지, 어머니와 전보다 부쩍 많은 이야기를 나누게 되었다.

2008년 3월 초, 연세대 분회 첫 투쟁의 열기가 채 식기도 전에 오간 대화였다.

2부. 출범, 장미 꽃피다

움트는 기운

비정규직보호법

2007년 여름은 유난히 더웠다. 관용어가 되어버린 '기록적인 더위' 때문이 아니었다. 그 무더움은 그늘에서 스스로 걸어 나와 끓어오르는 아스팔트에 나앉은 사람들에게 세상이 선사한 징벌이었다.

시작은 비정규직보호법이었다. 그해 시행된 비정규직보호법은 "2년 이상 근무한 비정규직 노동자들을 정규직으로 전환해야 한다"고 규정하고 있다. 진보적인 인사들은 이 법 때문에 비정규직 노동자들을 정규직으로 고용할 생각이 없는 기업들이 2년을 주기로 노동자들을 해고하고 다른 노동자를 고용하는 일이 반복될 것이라고 우려했다. 다른 한편에서는 노동유연화라는 세련된 논리를 앞세워 비정규직을 자유롭게 고용할 수 있는 제도의 필요성을 웅변했다.

비정규직보호법을 두고 사회 각층에서 논란이 분분할 때, 기업들은 법의 시행에 발맞춰 2년 이상 근무한 노동자들과의 재계약을 포기했다. 동시에 직접 고용하고 있던 비정규직을 외주화하는 작업에 돌입했다. 법에 따른 직접 고용 비정규직의 정규직 전환을 어떻게든 막아보려는 노력이었다.

이랜드가 첫 스타트를 끊었다. 2007년 6월, 이랜드는 계열사인 홈에버의 계산 업무를 외주화하겠다고 결정하고 해당 업무에 종사하고 있던 직접 고용 노동자 700여 명에게 '계약 해지'를 통보했다. 법적으로는 '계약 해지'였지만 노동자들에게는 사실상 해고였다.

여느 때라면 해고된 사람도 해고한 사람도 흔하고 흔한 정리해고쯤으로 여기고 말았을 일이었다. 그런데 이랜드 수뇌부로서는 예상치 못했던 반전이 일어났다. 계산원으로 일하던 여성 노동자들이 해고에 맞서 노동조합을 결성하고 회사를 상대로 '투쟁'을 시작한 것이다. 비정규직보호법을 둘러싼 사회적 논란이 초미의 관심사였던 시기였다. 언론의 대대적인 보도, 이랜드 노동자들을 지지하는 사람들의 연대, 비정규직보호법을 강행하기 위한 공권력의 대대적인 투입이 잇따랐다. 이랜드 투쟁은 비정규직보호법의 어두운 면을 상징하는 현재진행형의 사건이 되었고, 갈수록 이랜드 투쟁에 대한 사회적 관심은 폭발적으로 증가하고 있었다.

뜨거운 상암벌

홈에버 상암 월드컵경기장점은 무거운 축구 경기장을 떠받치는 모양을 하고 있다. 사람들에게는 위압적으로 느껴질 정도로 거대한 건물이었다. 그 건물 밖 공터로 이랜드 비정규직 투쟁을 지지하는 사람들이 끊임없이 모여들었다. 그들 중에 학생이 되어 이제 막 사회적인 문제에 관심을 두기 시작한 우리도 있었다.

처음에 우리는 수많은 사람들이 시위를 통해 사회적 문제에 참여하는 장엄함에 매료됐다. 그래서 우리는 이랜드에서 큰 집회가 있는 날이면 소풍을 가는 것처럼 들뜬 마음으로 상암행 버스에 올라타고는 했다. 집회가 반복되고 익숙해져 감정이 느슨해질 무렵에 우리를 다시 끓어오르게 한 것은 분노였다. 직장을 지키겠다며 나선 사람들에게 정부가 선사한 수천의 공권력과 기업이 고용한 용역들의 무자비한 폭력은 처음에는 우리를 포함한 이들을 두렵게 했다. 그러나 반복되는 폭력이 두려움을 분노로 바꿔놓았다. 그 분노가 이랜드 투쟁의 열기를 다시 끌어올렸다. 우리도 점점 상암에 있는 시간이 많아졌다. 시위가 익숙해지고 투쟁 구호가 입에 붙을 즈음 우리는 분노하지 않은 상태로 상암을 오갔다. 들끓는 감정을 대신한 것은 그것보다 폭발적이지는 않지만 대신 더 꾸준한 것, 바로 상암에서 만나고 사귄 사람들 사이에서 생겨난 정이었다.

그 뜨거운 여름, 상암벌에서 투쟁에 나선 노동자들을 만나면서 우리는 사회적 지식을 책에서 길어 올리고 그 밑바닥에 남아 있는 적나라한 현실을 엿보고는 했다. 노동조합법에 보장된 권리라는 희망적인 사실은 노동자들이 '계약 해지'의 두려움 때문에 노동조합에 가입하고도 회사 몰래 조합비를 걷어서 내는 절망적인 현실을 인질로 잡고 있었다. 모든 사람에게 주어진다는 천부인권도 계산원들의 립스틱 색깔부터 양말, 화장, 인사 멘트에 이르기까지 인간의 모든 것을 욕설과 협박으로 통제했다는 홈에버의 이야기 속에서는 꼬리를 말고 달아났다. 단지 해고에 맞섰을 뿐인데 천문학적인 손해배상 청구와 함께 날아든 빨간 딱지가 살림살이에 달라붙고 연달아 단전과 단수가 이어졌다는 통곡 같은 노동자의 발언 속에서, 박정희가 국민을 굶주림에서 건져냈다는 건국신화의 찬란한 빛도 신기루로 화해 흩어졌다. 수백억을 헌금으로 내어놓는다는 이랜드 그룹의 회장 박성수가 조합원들을 가리켜 사탄이라 칭할 때면 만인을 사랑한다는 신의 자비로운 눈빛에서도 섬뜩함을 느껴야 했다.

노동자들이 끝내 매장을 점거한 어느 날이었다. 경찰은 이미 매장을 봉쇄해 사람들의 왕래를 막고 있었다. 얼굴을 맞대고 어깨를 걸고 함께 밥을 먹으며 지내던 사람들과 만날 수 없는 날들이 하루하루 쌓여갔다. 우리가 할 수 있는 일은 매장의 벽에 난 창문을 사이에 두고 눈빛과 목소리를 교환하는 것뿐이었다.

그러던 중 한 꼬마가 누군가를 향해 '조합원'도 아니고 '노동자'도 아닌, "엄마 힘내요"라고 외쳤다. 그때서야 한 가지 생각이 머릿속을 스치고 지나갔다. 그녀들은 노동자였고 해고되어 투쟁하는 집회자였지만 그저 무엇보다도 '사람'이었다. 마음 한켠에서 우리들은 이랜드의 노동자들이 특별히 힘든 상황에 처해 있는 특별한 사람들이라고 여기고 있었다. 그러나 아니었다. 그녀들은 '해고'된 사람이 아니라 해고된 '사람'이었다. 그녀들에게 일어난 일은 우리와 우리 주변 사람들 누구에게나 일어날 수 있는 일이었다. 상암에서 일어나는 일들은 희귀한 질병이 아니었다. 곳곳에 흩어져 잠복한 만성질환이었다.

가을바람이 여름의 무더위를 밀어내면서 개강을 알렸다. 우리는 학교로 돌아왔다. 방학 때의 경험 때문이었을까. 청소 노동자, 경비원, 식당 조리원 같이 그전에는 보이지 않던 사람들이 보이고 시간 강사, 비정규직 교직원들도 달리 보였다. 때마침 상암에 함께 드나들던 친구들 중, 한국비정규노동센터 특강을 듣고 있던 친구들이 한 가지 제안을 해왔다. 특강의 일환으로 진행하고 있던 연세대학교 청소 노동자들의 실태조사를 함께 해보는 게 어떻겠냐는 것이었다. 우리는 노동자들을 만나보기로 결심했다.

비밀의 문

연세대학교의 정문부터 시작되는 대로는 학교의 중간까지 시원하게 펼쳐져 있다. 이 길의 양쪽에는 원래 백양나무들이 가로수처럼 심겨 있었다고 한다. 그래서 이 길은 백양로라고 불린다. 지금은 은행나무들이 대신 서 있는 백양로의 좌우로는 학교 건물들이 빼곡하게 들어서 있다.

우리는 먼저 백양로 근처 건물의 청소 노동자부터 만나보기로 했다. 질문지를 준비하고 팀을 나눴다. 각 팀이 몇 개씩의 건물을 맡아 설문 조사를 진행하기로 했다. 설문지에는 임금, 근로 시간, 계약 기간, 산업재해 인정 여부 등 기본적인 질문들이 담겨 있었다. 그런데 조사를 시작하자마자 문제가 생겼다. 도대체 청소 노동자들이 모이는 휴게실을 찾을 수가 없었다. 건물 안에서 알게 모르게 매일매일 서로 마주쳤을 터인데 누구 한 명 청소 노동자들이 어디에서 쉬는지를 아는 사람이 없었다.

다른 방법이 없었다. 마주치는 청소원마다 붙잡고 휴게실이 어디인지 물었다. 청소 노동자들의 손에 이끌려 마침내 휴게실 앞에 섰을 때 우리는 그곳을 찾을 수 없었던 이유를 깨달았다. 명패도 없는 육중한 쇠문이 우리 앞을 가로막고 있었다. 모르는 사람이 본다면 분명히 창고로 쓰이는 공간이겠거니, 하며 지나갔을 것이다. 게다가 휴게실은 보통 지하 가장 깊숙한 곳에 있었다.

휴게실의 모습은 각양각색이었다. 어떤 곳은 너무 좁고 어떤 곳은 너무 낮았다. 또 어딘가는 지나치게 어둡거나 건조하거나 습했다. 어디에서나 공통적인 점이 있다면 그것은 더위였다. 늦여름, 많은 사람들이 부대끼는 휴게실에 냉방 장치라고는 툴툴거리는 선풍기가 고작이었다. 그런데도 문은 늘 닫혀 있었다. 지하에 있는 닫힌 문의 휴게실. 그것은 하나의 상징이었다. 그 별것 아닌 문 한 짝이 신성한 경계라도 되는 듯, 문 안에 있는 사람들과 문 밖에 있는 사람들은 명확하게 구분되어 항상 함께 지내면서도 단 한 번 만나는 법이 없었다. 신기하고도 슬픈 일이었다.

문을 열고 들어가자마자 누워서 휴식을 취하던 노동자들이 급하게 일어났다. 그녀들의 얼굴에 긴장 비슷한 것이 서려 있었다. 우리는 수업과제로 실태조사를 하러 왔다고 둘러댔다. 노동자들은 가끔 공공기관의 직원이나 학생들이 찾아와 설문조사를 하는 경우가 있다며 대수롭지 않게 반응했다. 비슷한 일이 연세대학교 곳곳에서 동시다발적으로 일어났다. 대부분의 노동자가 설문에 응했다. 취합한 실태조사는 상당한 분량이었다.

이제 막 첫걸음을 디뎠다는 뿌듯한 마음도 잠시, 설문조사 결과는 충격적이었다. 어느 정도 예상하긴 했지만, 현실은 우리의 상상을 초월했다. 법이니 인권이니 하는 것들은 청소 노동자들의 세계에서는 완전히 무력했다. 지켜지지 않는 법조항을 찾는 것보다 지켜지고 있는 법조항을 찾는 편이 빠를 것 같았다. 관리자들은 다른 누구의 눈길도 가닿지 않는 문 너머에서 청소 노동자들의 인간성을 마음 내키는 대로 짓이겨 대고 있었다.

당시 설문조사로 취합했던 내용은 옆의 표와 같다.

이뿐만 아니었다. 노동자들은 임금을 제외하고는 계약 조건을 알지 못했다. 회사는 계약 기간이 되면 노동자들의 도장을 걷어가 노동자들에게는 보여주지도 않고 계약서에 도장을 찍었다. 백지에 도장을 받아 놓고는 나중에 계약서를 작성하기도 했다.

생각보다 사태가 심각하다는 사실을 깨달은 우리는 청소 노동자 개개인에 대한 인터뷰 조사를 진행하기로 했다. 언어 성폭력 실태는 설문지만으로 파악할 수 없었다. 임금이나 휴가 사용에 대한 답변도 사람마다 다 달랐다. 정확한 확인이 필요했다. 우리는 두 명씩 짝을 지어 담당 건물을 결정했다. 같은 사람들을 지속적으로 만나는 편이 앞으로의 일에 도움이 될 듯해서였다.

문 너머의 대화

어떤 경우에나 타인과의 첫 만남은 긴장되는 법이다. 우리들에게 그 긴장은 조금 극적으로, 그리고 반복적으로 나타났다. 우리의 만남은 늘 문이 열리는 소리에 긴장한 노동자들이 재빨리 일어나는 것으로 시작

항목	위법사항
근로시간	명시된 근로 시간은 주 6일 40시간이나, 노동자들의 실근로 시간은 대부분 주 48시간으로 초과 근무. 계약서 상 출근 시간은 오전 7시이지만 실제 출근 시간은 6시.
임금	최저임금 미달. 2007년 당시 기본급 D기연 632,400원. M개발 680,000원. (*2007년 월 최저임금은 기본급 주 40시간 기준으로 약 730,000원.) 토요일 연장 수당 미지급.
산업재해	가입은 되어 있으나, 실제로 신청 시 해고당하는 경우가 빈번해 실질적 사용이 불가능.
휴가	통상적으로 사용할 수 있는 휴가는 연 8일의 여름/겨울 휴가, 그러나 노동자들의 의사와 상관없는 강제 휴가로 역시 불법. 그 외 월/연차, 생리 휴가, 경조사 휴가 사용 불가. 임금으로 대체 지급되지도 않음.
업무 지시	원청인 학교의 담당 교직원이 하청 노동자들에게 불법적 업무 지시.
인권침해	욕설, 성희롱, 반강제적 금품 갈취, 나이/성별에 근거한 비하 발언 등.
부당노동 행위	"조합원이나 학생과 접촉하지 말 것, 조합 가입 시 해고하겠다"라는 협박이 빈번하게 행해짐.
용역계약 위반	용역계약서 상 '급여에 관련한 13조'를 보면, 용역비의 80%를 급여로 지급해야 한다고 명시되어 있음. 당시 D기연이 한 달에 약 7천만 원, M개발이 2억 6천만 원 정도의 도급비를 받고 있었는데, 이를 노동자 인원수로 계산해보면 140만 원 정도의 임금이 지급되어야 함.
퇴직금 분할지급	노동자의 동의 없이 퇴직금 분할 지급. R업체의 경우 퇴직금 체불.
근로조건 명시 의무 위반	M개발의 경우 계약서 상 휴일·휴가 등의 사항을 명시하지 않음.

됐다. 인터뷰는 항상 그 긴장이 채 다 풀어지기 전에 끝났다. 그래도 그 긴장감이 묘한 분위기를 만들어내 꽤 많은 이야기가 오가곤 했다. 2000년대 초반까지도 임금이 40~50만 원 수준에 머물렀던 이야기, 노동자의 수를 차츰 줄여 일이 점점 힘들어진다는 이야기는 어느 건물에서나 공통적인 화제였다.

반대되는 이야기 때문에 혼란스러운 때도 있었다. 계약보다 일찍 출근하는 이유에 대해 절반 정도는 빨리 나와야 깨끗하게 청소하고 쉴 수 있기 때문에 자발적으로 그러는 것이라 대답했고, 절반 정도는 현장 소장의 강압 탓이라고 대답했다. 현장 소장에 대해 집중적으로 물어볼 필요가 있었다.

노동자들은 하나같이 현장 소장을 왕으로 묘사했다. 당시 우리가 만나고 있던 연세대 노동자들은 크게 두 용역업체에 소속되어 있었다. M개발과 D기연. 두 회사는 각각 한 명의 현장 관리자를 두고 있었다. 이들이 인사부터 업무에 이르기까지 모든 권한을 틀어쥐고 있었다. 노동자들이 현장 소장에게 대항할 방법은 없었다. 오히려 일자리를 얻기 위해 소장에게 웃돈을 주거나, 다달이 소장들의 담뱃값을 마련해주는 등 현장 소장의 환심을 사기 위해 노력할 수밖에 없는 처지였다.

특히 M개발의 김 부장이 자주 입방아에 올랐다. 그에 대한 흉흉한 소문은 수도 없이 많았다. 10년 넘게 연세대에 소장으로 근무하면서 노동자들에게 뜯어낸 돈으로 감자탕집을 7개나 가지고 있다는 이야기도 있었다. 노동자들이 월례 행사로 김 소장의 감자탕집에서 회식한다는 이야기도 여기저기에서 나왔다. 당연히 노동자들은 자신의 임금으로 식대를 냈다. 김 소장의 감자탕집에서 인사치례하지 않으면 인사이동을 통한 보복이 이루어졌다. 노동자들은 행여 불똥이 튈까 봐 김 부장에게 찍혀서 인사이동된 사람을 자의 반, 타의 반으로 따돌리게 된다고 했다. 현장 관리자들은 혹시나 있을 노동자들의 반란에 대비해 노동자들이 휴식 시간에 다른 건물로 이동하거나 다른 건물의 노동자들과 이야기하는 것까지도 금지했다.

특별히 M개발 김 부장의 사례를 들기는 했으나 사실 관리자들의 횡포가 온전히 개인적인 성격에서 비롯되었다고 보기만은 힘들다. 나중의 이야기이지만 이후 우리가 찾아다닌 여러 대학에서도 대체로 비슷한 일들이 일어나고 있었다. 더하고 덜한 정도는 있었으나 기본적으로는 어디에 가나 현장 소장은 왕이었다. 어디에 가나 노동자들은 그 앞에서 숨죽여 지내야 했다. 노동의 가치를 인정하지 않고, 노동의 결과물 앞에서 사람을 도구로 취급하며, 다시 또 다른 선을 그어 여성과 비정규직을 차별하는 한국 사회의 현실이 현장 소장들의 전횡을 가능하게 하는 토양이 되고 있었다. M개발의 김 부장은 그런 토양이 낳은 수많은 슬픈 산물 중 하나였다.

학교에서 노동자들을 궁지로 내몬 일도 있었다. 하루 두 끼를 학교에

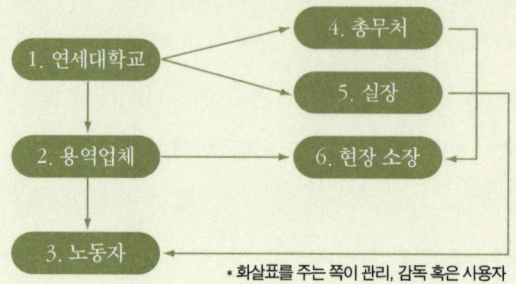

관계도 및 설명

* 화살표를 주는 쪽이 관리, 감독 혹은 사용자

1. 용역업체에 청소·경비 업무를 도급한 주체로 보통 이러한 위치의 계약자를 원청
   이라고 부른다. 용역회사에 임금, 이윤, 기타 비용을 포함한 도급비를 지급한다.
   노동자와 법적인 고용관계를 맺지 않는다. 이를 이용해 노동자들의 문제를 용역
   업체에 떠넘길 수 있다. 그러나 실제로는 연세대에서 용역업체로 지급되는 도급
   비가 노동자들의 임금에 직접적인 영향을 준다. 또 용역업체를 통해 실질적으로
   관련 문제에 개입한다.

2. 연세대에서 청소·경비 업무를 도급받아 노동자를 고용한 회사. 일반적으로 이
   러한 회사를 용역회사라고 부른다. 계약상의 위치로는 하청업체이다. 현재 연세
   대학교에만 최소 7개의 용역업체가 있다. 이야기가 시작되는 2007년에는 M개발,
   D기연이 가장 큰 회사였다. 노동조합이 결성된 이후 몇 번의 교체가 있었다.

3. 용역업체와 계약해 고용된 노동자들. 연세대학교에서는 1년을 주기로 재계약 하
   는 형태로 고용된다. 간접 고용 비정규직이다. 법적으로는 하청업체가 바뀌면 그
   업체를 따라 다른 사업장으로 가서 일하거나 다른 직장을 알아봐야 한다. 그러나
   실제로는 용역업체가 바뀌어도 노동자는 교체된 용역업체와 계약하는 형태로 계
   속 연세대학교에서 일하는 경우가 대부분이다.

4. 학내 시설관리를 책임지는 연세대학교의 부서. 특성상 용역업체와 밀접하게 업무협조
   를 하는 관계이다. 연세대 분회가 생겼을 때, 가장 많이 대면한 원청 부서이기도 하다.

5. 청소 업무가 본격적으로 외주화되기 전, 연세대학교에 직접 고용된 십여 명의 남성 노동자들. 원래는 청소 · 경비 · 시설 관리 등의 업무를 했다. 업무가 모두 용역업체로 넘어간 이후 명시적인 업무는 없었다. 노동조합이 생기기 전에는 이들이 노동자들에게 업무를 지시하고 노동자들을 사실상 관리 · 감독했지만, 원청의 직접적인 업무 지시는 위법이기 때문에 노동조합이 생긴 지금은 애매한 위치가 되어 버렸다. 최근의 연세대학교 청소 · 경비 노동자 파업 시기에 비어 있는 경비실에 대체 인력으로 투입되어 문제가 생기기도 했다.

6. 용역업체 소속으로 현장 노동자들을 관리, 감독하는 현장 관리자. 부장, 소장 등 직함은 업체 별로 다양하다. 경찰, 군인 출신이 많다. 현장의 인사권을 가지고 있다. 연세대학교 외에도 여러 간접 고용 사업장에서 이들이 인사권을 이용해 현장에서 부당한 이익을 갈취하는 경우가 흔하다. 실제 연세대학교에서도 노동조합이 생기기 이전에는 현장 소장이 뇌물을 요구하거나 노동력을 사적으로 유용하는 경우가 빈번했다.

서 해결해야 하는 노동자들은 건물에서 쏟아지는 폐지를 모아 처분해 식대를 마련하고 있었다. 폐지를 팔아 나오는 돈이 한 달이면 한 사람당 2만 원 정도는 됐던 모양이다. 노동자들은 그 돈으로 휴게실에 쌀을 사두고는 했었다. 이 사실을 알게 된 학교가 갑자기 폐지를 직접 판매하기로 했다. 노동자들에게 사적으로 폐지를 유출하면 엄벌하겠다는 통보가 내려졌다. 그러면서도 학교는 폐지를 수거하는 데 필요한 별도의 인력을 고용하지 않았다. 폐지를 수거하고 처리하는 일은 여전히 노동자들의 몫이었다.

우리가 가장 놀랐던 부분은 법적인 기준에 미달하는 임금도 근로조건도 아니었다. 우리는 인간에게 행해진 비인간적인 대우에 절망했다. 우리가 본 것은 인간을 시커먼 지하 틈새로 몰아넣고 겁박해 돈과 노동을 빼앗는 원초적인 폭력이었다. 빼앗기는 쪽은 수백 명이었고 빼앗는 쪽은 열 명도 되지 않았지만, 빼앗기는 쪽이 철저하게 고립되어 있었다. 학교도, 학생도, 교직원도, 교수도 아무도 그녀들을 인간으로 만난 적이 없었다. 상아탑의 한편에서 고고한 학문이 그 위세를 자랑하는 동안, 그곳을 떠받치는 보이지 않는 노동은 서서히 죽어가고 있었다. 학생회관에서 일하던 순덕 씨는 우리에게 이렇게 말했다.

"우리가 이렇게 일하는 건, 빗자루밖에 몰라."

그 말이 꼭 우리를 향한 말처럼 들렸다. 우리가 아는 해결책은 하나밖에 없었다. 노동자들을 묶어내고 회사나 학교에 대항할 수 있는 공식적이고 합법적인 해결책. 바로 노동조합이었다. 어느 순간부터 우리의 방문은 인터뷰라고 부르기 어려워졌다. 잡담을 나누는 시간이 길어졌다. 그리고 그 잡담의 주제는 조금씩 이 부당한 상황을 어떻게 해결할 수 있을까에 대한 것으로 옮겨갔다. 자연스레 인터뷰는 노동조합 결성을 유도하는 방향으로 흘러갔다. 본격적인 조직화를 결심했다. 각오를 다지는 의미로 우리 모임의 이름을 정했다. '노동이 평등한 세상, 노동이 살맛나는 세상을 꿈꾸는 학생모임 〈살맛〉'.

그 후로 더 적극적이고 잦은 만남이 이루어졌다. 성희 씨, 순덕 씨 같은 사람들과도 친해지기 시작했다. 우리는 몰랐지만 그즈음 학교도, 용역업체도 우리를 인지하기 시작했다. 그들은 점차 우리를 거북해하고 있었다.

방해

달리는 말보다 빠른 소문의 속도가 드디어 우리를 앞질렀다. 보이지 않는 곳에서 학교와 용역업체가 움직이기 시작했다. 소장들이 현장을 쏘다니며 학생들과 만나는 노동자를 징계하겠다고 으름장을 놓았다. 그 뒷걸음을 쫓는 우리는 번번이 휴게실 문 앞에서 미안하다는 말을 듣고 돌아서야 했다. 때로는 엄하게 우리를 내쫓는 경우도 있었다. 그 엄격한 말을 하는 노동자들의 입이 잔잔히 떨리는 걸 볼 때면 무엇인지 알 수 없는 감정에 휩싸여 아무 말도 못 하고 힘없이 발길을 돌려야 했다.

대책이 필요했다. 긴 토론 끝에 결정을 내렸다. 문전박대를 당하더라도 휴게실 방문을 꾸준히 진행하면서, 그간 친해진 노동자들이 일하는 층수를 파악해 일대일로 만나는 작업을 병행하기로 했다.

일대일 작전이 먹혀들어갔다. 그전까지는 들을 수 없었던 이야기들이 들려오기 시작했다. 어느 건물의 모 씨가 노동조합에 호의적이라거나, 휴게실마다 현장 소장의 첩자가 있으며 그게 누구라는 이야기, 어느 건물 휴게실은 전체적으로 분위기가 좋으니 가서 직접 말해도 좋다는 조언까지 구체적인 이야기들이 오갔다. 덕분에 계획도 점차 구체적으로 변해갔다. 일대일로 만나는 노동자들이 조금씩 늘고 노동조합을 만들자는 이야기를 노골적으로 나눌 수 있는 건물도 생기기 시작했다.

용역회사와 학교의 방해도 꾸준히 일어났다. 어떤 건물은 만남이 완전히 차단됐다. 우리의 움직임이 노출된다는 느낌이 들었다. 우리가 나타나면 때맞춰 현장 소장이 그 건물에 나타나기도 했다. 희망과 절망이 넉살 좋게 씨름 한판을 벌이고 있었다.

작은 승리, 굳어져가는 결심

비품 창고 카페테리아에서의 반란 모의

이미 들킨 바에야 차라리 대놓고 노동자들을 조직하자, 반쯤은 포기한 심정으로 휴게실마다 우리 전화번호를 뿌리고 다닐 때였다. 백양로의 이름을 딴 백양관 건물의 비교적 젊은 노동자 미자 씨의 눈치가 이상했다. 사람들을 소개하면서 일하는 층수를 말하는 방법으로 넌지시 자신의 담당 층수를 알려주었다. 자신이 일하는 층으로 찾아오라는 분명한 신호가 그 뒤에도 이어졌다.

다음 날 우리 중 하경과 명수가 미자 씨가 담당하는 층으로 찾아갔다. 멀리서 둘을 보자 하던 일을 멈추고 주변을 살피던 미자 씨는 둘을 계단 아래 비품 창고로 이끌었다. 조심스런 이야기를 하려면 비품 창고가 좋겠다는 생각이 들어 둘은 미자 씨가 이끄는 곳으로 따라갔다.

비품 창고의 문이 열렸을 때, 둘은 얼어붙었다. 그곳은 놀랍게도 카페로 꾸며져 있었다. 거기에는 작은 냉장고와 테이블 의자까지 갖춰져 있었다. 공간이 조금 좁고 창문이 없다는 점만 빼면 나무랄 곳이 없는 카페였다.

배색까지 완벽하진 않았다. 그곳에 놓인 물건들은 미자 씨가 학교에서 폐기처분되어 나온 물품들을 업어온 것이기 때문이다. 이 색다른 배색의 카페가 하경과 명수의 감정을 압도했다. 이게 대체 무슨 감정인지, 감탄인지 기쁨인지 놀라움인지 숙연함인지를 몰라 헤매고 있을 때, 미자 씨가 수줍게 말을 걸었다. 하마터면 둘은 미자 씨의 말에 대답하지 못할 뻔했다.

"어떠니? 좀 좁지? 나는 여기 내 카페라고 부르는데 어때, 좀 카페처럼 보여?"

넉넉한 넉살에 붙임성 있는 하경이 없었다면 '살맛'이 노동자들을 만나는 데 더 오랜 시간이 걸렸거나, 문제가 있었을 것이 분명하다. 하경이 특유의 경상도 사투리로 얼른 분위기를 맞춰 대답했다.

"어머니, 이거 완전 예쁜데요. 돈 내고 사 먹어야 되겠는데요?"

그 대답이 분위기를 환기시켰다. 셋은 커피를 타 마시면서 긴 이야기를 나눴다. 그 이야기 소리는 좁은 카페에서도 귀를 기울여야 할 정도로 작았고, 가끔 누군가 들어오는 소리라도 나면 멈추기도 했다. 하지만 이야기의 내용은 희망으로 가득했다. 그곳에서 셋은 어떻게 노동조합을 만들고 누구를 설득해야 하는지를 이야기했다. 김 부장의 잘못이나 임금에 대한 정확한 정보도 들었다. 김 부장이 혼자서 현장을 통제할 수 있는 이유도 알게 됐다. 김 부장은 건물마다 (미자 씨의 말에 따르면) '스파이'를 심어두고 그들에게 건물에서 오고 간 이야기를 전달받는다고 했다. 마음에 들지 않는 이야기가 전해지면 해당 노동자는 인사이동 등으로 즉각적인 보복을 받았다. 그건 일종의 판옵티콘(Panopticon)이었다. 노동자들은 휴게실 벽에 달린 듯한 김 부장의 귀를 매일 느끼고 있었다. 하지만 거기에 죄수는 아무도 없었다. 그래서 김 부장에 대한 반란을 꿈꾸는 사람들이 많았다. 그 카페에서는 반란에 가담할 사람들의 이름이 귓속말로 오고 갔다. 말로 하면 이상하지만, 직접 봤다면 감탄하게 되는 '비품 창고 카페'에서 귀여운 반란이 꿈틀거리고 있었다.

그때부터 조직화는 탄력을 받았다. 점조직이 확산되듯 손에 잡히는 미래의 조합원이 늘어나기 시작했다. 우리가 찾아가 만나게 된 노동자보다 소개받는 노동자의 수가 더 많아지기 시작했다. 무서운 속도로 노동조합에 대한 소문이 돌았다. 더는 용역업체도 학교도 막을 수가 없었다. 누가 이 즐거운 반란에 가담했는지 그들은 정확히 알 수가 없었다. 이제 우리는 역으로 업체와 학교 관리자의 동태를 소상하게 파악하고 있었다. 판옵티콘은 무너져 땅에 파묻혔다! 죄 없는 죄수들이 땅에 파묻힌 감시자를 노려보기 시작했다!

작 은   승 리 ,   굳 어 져 가 는   결 심

그리고 결국 일이 터졌다. 미자 씨의 전화 한 통이 시작이었다. 미자 씨는 같은 건물의 노동자 옥진 씨가 부당하게 인사이동을 당하게 됐다고 연락해왔다. 자세한 상황을 듣기 위해 미자 씨와 꾸준히 만나던 하경과 명수가 다시 미자 씨의 카페를 찾았다. 옥진 씨까지 추가된 카페는 좀 더 좁아졌다.

사건의 전말은 이랬다. 김 부장과 그의 부인이 다니던 교회가 있었다. 그의 부인은 교회의 권사 직함까지 가지고 있었다. 몇 달 걸러 한 번씩 김 부장은 노동자들을 차에 태워 교회 청소를 시켰다. 버젓한 근무 시간에 일어나는 일이었다. 이번에는 옥진 씨가 그 강요를 받았다. 마침 그날 옥진 씨의 몸 상태가 좋지 않았다. 어쩔 수 없이 옥진 씨는 그 일을 거절할 수밖에 없었다. 김 부장은 당장 다음 날 옥진 씨에게 다음 달부터 상대 본관으로 가게 될 것이라는 통보를 했다. 상대 본관은 김 부장에게 찍힌 노동자들이 인사이동되는 유배지로 유명했다.

미자 씨도 옥진 씨도 우리도 모두가 분노했다. 우리는 옥진 씨를 설득했다. 미자 씨도 거들었다. 옥진 씨는 바로 결정을 내리지 못했다. 당장 용역업체와 싸우는 일은 무섭고 두려운 일이었다. 그간 노동자들의 마음에 관리자들이 드리운 그림자는 깊고 무거웠다. 본인이 거부하는데 우리가 마음대로 일을 벌일 수는 없었다. 몇 차례의 만남과 설득이 오갔다. 우리가 거의 포기했을 때, 옥진 씨가 떨리는 목소리로 결단을 내렸다. 인사이동이 시작되는 날, 학생들을 모아 김 부장과 학교에 이

사건에 대해 따지기로 했다.

그때 우리가 며칠을 어떻게 별 탈 없이 보냈는지 아직도 모르겠다. 두려움, 기대, 걱정, 희망 등 온갖 상상이 밤마다 찾아왔다. 감정을 추스르면서 함께 할 만한 친구들에게 연락을 돌리고 구체적인 계획을 세운 후에 날짜를 세기 시작했다. 비품 창고 카페에서 숨죽이던 반란이 이제 문을 박차고 뛰어나오려고 하고 있었다.

작은 반란, 유쾌한 싸움

2007년 11월 20일. 인사이동이 예정된 날 아침이 왔다. 그사이 계절은 또 변해 본격적으로 쌀쌀한 기운을 뿜어내고 있었다. 연세대학교 대강당, 동아리 연합회 학생회실 문은 그날 굳게 닫혀 있었다. '살맛'의 회의장으로 자주 쓰이던 이 방은 원래 학생회실이라 학생들이 찾아올 수 있도록 늘 문이 열려 있곤 했다. 그러나 그날은 달랐다. 좁은 방에 더는 앉을 틈도 없을 정도로 사람들이 들어찼지만 문은 사람이 들어올 때만 잠깐 열릴 뿐 계속 다시 잠겼다.

방 안에서는 연락을 받고 달려온 수십여 명의 학생들이 일찍부터 옥진 씨의 전화를 기다리고 있었다. 초조한 시간이 느리게 흘렀다. 어느덧 시간이 오전에서 오후로 넘어갔다. 그런데 아무리 기다려도 옥진 씨의 전화가 오지 않았다. 살맛 구성원들이 끝까지 연락을 기다리던 사람들에게 미안한 표정으로 상황을 설명했다. 결국 사람들이 모두 흩어졌다. 수십 명이 한 번에 빠져나가고 몇 명 되지 않는 살맛 학생들만 남은 방이 갑자기 넓게 느껴졌다.

남은 살맛 구성원들이 이후의 대책을 논의하기 시작했을 때, 갑자기 전화벨이 울렸다. 옥진 씨가 떨리는 목소리로 지금 백양관으로 와달라고 이야기했다. 모두의 전화기가 바쁘게 돌아가기 시작했다. 다행히도 방을 나섰던 사람들은 한달음에 다시 달려왔다. 우리는 백양관으로 향했다. 건물 밖에는 인사이동을 위해 꾸린 짐을 한 손에 든 옥진 씨가 우리를 기다리고 있었다.

미리 계획을 해두었기 때문에 우리는 곧장 연세대학교 본관으로 향했다. 그곳에 학내 청소 용역업체의 관리를 담당하는 총무처 관리과 부서가 있었다. 옥진 씨는 긴장한 기색이 역력했다. 손이 떨리는 모습이 보였다. 그녀를 응원하기 위해 본관으로 향하는 내내 확성기를 들고 부당한 인사이동을 지시한 용역업체 관리자 김 부장과 이를 방조한 총무처를 비판하는 이야기를 떠들었다.

본관에 도착한 우리는 옥진 씨와 하경을 포함한 몇 명을 본관 안으로 들여보냈다. 남은 사람들은 밖에서 계속 학교와 용역업체를 비판했다. 안에서는 하경이 관리과 교직원들을 상대로 차분히 따지기 시작했고 밖에서는 지나가던 학생들이 소란에 관심을 보이기 시작했다. 안팎의

저 확성기보다 큰 목소리를 낸 것은 투쟁 현장에 소중한 마음으로 달려와준 학생들과 부당한 대우에 맞서려는 청소 노동자들의 용기였다.

상황을 서로 알 수 없어 긴장감이 감돌았다.

옥진 씨가 떨리는 목소리로 교직원들에게 자신이 처한 상황을 설명했다. 자리에 대동한 학생들이 관리과 직원들에게 이렇게 노동자를 사적으로 사용하고 징계해도 되는 것이냐 따져 물었다. 결국 관리과 담당자는 사실을 확인하고 그 어부에 따라 용역업체 M개발에 책임을 묻겠다는 구두 약속을 했다. 밖으로 나온 옥진 씨는 다소 긴장이 풀린 듯 웃으며 학생들과 인사를 나눴다.

작은 승리, 굳어져가는 결심

그러나 예정된 계획은 끝난 것이 아니었다. 학교에 도덕적 책임을 물어 족쇄를 채웠으니 이제 김 부장을 찾아갈 차례였다. 김 부장이 옥진 씨에게 사과하게 하지 않으면 언제 어떤 방식으로 보복이 돌아올지 알 수 없는 상황이었다. 우리는 곧장 M개발 사무실이 있던 노천극장으로 향했다. 그리고 불시에 사무실의 문을 열었다.

한가하게도 김 부장은 몇 명의 경비직 노동자들을 불러 화투를 치고 있었다. 초겨울 날씨에도 온기가 도는 방에서 커피를 마시면서. 피가 거꾸로 솟는 느낌이 왈칵, 배에서부터 올라왔다. 분노한 학생들이 사무실에 몰려들어 김 부장의 행적을 낱낱이 따졌다. 노동자를 고용하며 뇌물을 요구한 일이나 감자탕집에서 강제로 회식을 시키던 일부터 옥진 씨의 일에 이르기까지 그간 김 부장의 화려한 업적이 분노에 찬 고성에 실려 노천극장을 흔들었다.

그리고 김 부장이 맥없이 무너졌다. 노동자에게 왕으로 군림하던 김 부장. 스스로 "여기서는 내 말이 법이다"고 이야기했던 김 부장. 한 손은 현장의 모든 정보를 틀어쥐고 다른 한 손으로는 노동자들의 목을 움켜쥔 채 협박하던 김 부장. 해고도 고용도 임금도 마음대로 좌우하던 김 부장. 그가 옥진 씨보다 더 무서워하며 몸을 떨었다.

그 모습을 보고서야 옥진 씨는 완전히 긴장을 풀었다. 그녀는 오히려 김 부장을 점잖게 꾸짖었다. 김 부장은 옥진 씨 앞에서 고개를 숙이고 사과했다. 결국 김 부장은 인사이동을 철회한다는 내용이 담긴 사과문까지 썼다.

확실하지는 않지만, 나는 그날 옥진 씨의 눈물을 언뜻 본 듯하다. 그 눈물에는 무슨 감정이 실려 있었을까? 그토록 두려워하던 것이 사실 아무것도 아니었다는 것이 밝혀져 허탈해 흘린 눈물이었을까? 아니면 설움에 복받친 눈물이었을까? 그것도 아니면 연세대에서 처음 정당한 이야기가 정당하게 대우받아 흘린 감동의 눈물이었을까? 학생들과 옥진 씨가 사과문을 들고 너무 기뻐하고 있었기 때문에 나는 물어볼 타이밍을 놓쳤다. 하지만 나는 그 눈물이 다른 어느 눈물보다 짠맛이 났을 거라 확신한다. 그 눈물에 담긴 것이 무엇이었든 간에.

소문과 약속

다음 날, 살맛 구성원들은 김 부장 사건을 알리기 위해 휴게실을 방문했다. 그런데 휴게실에서 만난 노동자들은 이미 전날의 사건을 소상하게 알고 있었다. 특히 김 부장이 소속된 용역업체인 M개발 노동자들의 반응은 뜨거웠다. 그간 숨어서 우리와 만나 왔던 노동자들뿐만 아니라 다른 노동자들까지 우리보다 적극적으로 노동조합을 만들자는 이야기를 하기 시작했다.

조직화는 탄력을 받았다. 한 휴게실의 모든 노동자가 노동조합을 만들자고 동의한 건물이 이틀에 하나꼴로 늘어났다. 언제나 묵묵히 궂은 일을 도맡던 재형이 폐지를 팔아 쌀값으로 쓰던 돈을 학교에 빼앗겼다는 사실에 착안해 아이디어를 하나 냈다. 몇몇 학생회의 지원을 받아 쌀을 대량으로 샀다. 쌀을 배달한다는 명목으로 안 가던 휴게실까지 모두 찾아다니기 시작했다. 겨울인데도 무거운 쌀 때문에 땀이 흐르곤 했다. 그래도 힘든 줄 몰랐다. 김 부장 사건 이후에 자신감을 얻은 노동자들이 적극적으로 다가왔고 업체와 학교는 움츠러들어 우리를 방해하지 못했다.

그렇게 정신없이 한 달이 흘렀다. 매년 3월에 이루어지는 학교와 용역업체, 용역업체와 노동자들 사이의 재계약이 코앞으로 다가왔다. 더는 시간을 끌 수 없었다. 재계약에 맞춰 정년을 축소하고 그 핑계로 노동조합 결성에 적극적인 노동자들을 해고한다는 소문이 돌았다. 1월 9일을 D-day로 정하고 확신이 가는 노동자들을 조심스럽게 찾아다녔다. 1월 9일 우리는 휴게실이 아니라 학교 밖에서 만나기로 약속했다. 학생, 노동자 그리고 민주노총 활동가까지.

2008년 1월 8일 저녁, 살맛 회의. 우리는 이때까지 약속한 노동자의 숫자를 확인하기 시작했다. 서른두 명이었다. 연세대에 청소 노동자만 근 이백 명에 달한다는 사실에 비추어본다면 적은 숫자였다. 그러나 노동조합을 만들기로 약속했다. 서른두 명이라면 김 부장 사건 때 모였던 학생들만큼의 숫자였다.

출범, "우리가 여기에 있다"

학교 밖으로

2008년 1월 9일이었다. 오전이면 계절학기도 끝나기에 오후 4시 백양로를 거슬러 정문으로 향하는 사람들은 대부분 퇴근하는 청소 노동자들이었다. 대부분이 파마머리를 한 50~60대 여성 이백여 명이 삼삼오오 모여 흩어지는 장관이 펼쳐졌다. 매일 있는 일이었지만 그날은 특별했다. 그들 중 일부가 평소와는 다른 움직임을 보였다. 우리와 약속을 한 노동자들이었다. 그녀들은 버스정류장, 지하철까지 일단 걸어온 다음 누가 볼세라 조심스레 발걸음을 되돌렸다.

같은 시각 신촌 아트레온 빌딩 앞. 학생 몇 명과 서른다섯 살 안팎으로 보이는 남성 한 명이 서성거리고 있었다. 초조하게 노동자들을 기다리는 살맛 학생들과 민주노총 소속 활동가였다. 그 건물 13층의 카페가 오늘의 약속 장소였다.

　그리고 노동자들이 나타났다. 어제 만나고 오늘 통화했지만 반가운 만남이었다. 정확히 서른두 명. 종합관, 외솔관, 위당관, 대강당, 백양관, 상대, 이과대, 중앙도서관 등 8개 건물에서 모인 노동자들이었다.

　회의는 활동가가 자신을 소개하는 것으로 시작됐다. 그는 '민주노총 공공연맹 전국공공서비스노조 서울경인지역공공서비스지부(이하 서경지부)'에서 활동하는 이상선이라며 자신을 소개했다. 긴 이름에 사람들이 얼어붙었다. 잠시 뜸을 들이던 그가 농담조로 말을 꺼냈다. "에……… 너무 길죠? 그냥 이상선 부장이라고 부르시면 됩니다." 여기저기 가벼운 웃음이 터져 나오면서 긴장된 분위기는 금세 풀어졌다. 시작은 이상선 씨의 인사로 했지만, 회의 내용은 대부분 노동자들의 의견으로 채워졌다. 휴게실 밖에서 서로를 처음으로 확인한 노동자들은 휴게실 안에서보다 훨씬 적극적인 모습을 보였다.

　어느 건물의 누가 가입할 확률이 높다, 어느 건물은 조심해야 한다, 상대에 세브란스병원 청소 노동조합 위원장을 했던 사람이 있으니 그이를 위원장으로 뽑아야 한다, 경비원들도 가입을 받아야 한다, 아직 바로 출범하기에는 이르니 더 사람을 모아야 한다는 등의 의견이 쏟아졌다. 받아 적기에도 시간이 부족할 정도였다.

　의견을 모두 모아 일주일에 한 번씩, 두 번 더 이런 형태의 모임을 진행한 후에 정식으로 노동조합을 출범하자고 결정했다. 그동안 지금 모인 사람들이 주변 사람들을 계속 모임에 데리고 나오기로 했다. 이상선 씨는 자신감을 가지기 위해 다음 두 번의 모임을 학교에서 하자고 제안했다. 그 제안에 노동자들은 의외로 호의적인 반응을 보였다. 이 결정들을 토대로 구체적인 계획을 잡아나갔다.

그날 저녁 처음으로 우리는 서른두 장의 노동조합 가입서를 받았다. 그날의 뒤풀이를 잊지 못한다. 아마도 평생. 다 같이 취한 우리는 서른두 장의 가입서를 세고 또 셌다. 그렇게 세다 보면 가입서가 늘어날 거라 믿기라도 하는 것처럼. 그러면 술기운이 올라 가끔 가입서 숫자가 늘어나고는 했고, 그렇게 취한 우리는 유쾌한 헛소리를 중얼거리곤 했다. 아무리 마셔도 숙취가 없을 것 같은 술자리. 음치가 노래하고 박치가 춤을 추는 술자리. 그걸 아무도 말리지 않는 유쾌한 소동 같은 술자리였다.

다시 학교 안으로

이튿날부터는 걸려오는 전화를 받기도 힘들 만큼 바쁜 시간이 흘렀다. 살맛 친구들의 전화기로 노동조합에 대한 문의, 새로운 가입 희망자들에 대한 정보가 끊이지 않고 흘러들었다. 일주일 간격으로 열리는 모임의 참석자는 배수에 가까운 기세로 폭증했다. 보조를 맞춰 가입서도 폭발적으로 늘었다. 모임과 별개로 간헐적으로 들어오는 가입서도 만만치 않아 가입서를 매번 세는 일이 헛수고로 느껴질 정도였다.

두 번의 모임을 통해 노동조합 출범식 날짜가 정식으로 정해졌다. 1월 26일. 오전 근무만 하면 퇴근하는 토요일, 12시였다. 장소는 연세대 학생회관 4층 무악극장. 연세대 노동조합의 정식 명칭은 '민주노총/공공연맹/전국공공서비스노조/서울경인지역공공서비스지부/연세대 분회'. 첫 모임에서 추천을 받았던 상대의 김경순 씨가 분회장으로 선출됐다. 경비직 노동자 중에 처음으로 가입한 고경실 씨가 부분회장으로 뽑혔다. 전반적으로는 옥진 씨 사건을 통해 이미 한 번 콧대를 눌러놓은 바 있는 M개발 소속 노동자들의 숫자가 많았다.

두 번째 모임이 끝났을 때 출범식까지는 이미 일주일도 남지 않았다. 조합에 가입한 노동자들의 숫자는 어느새 백 명이 넘어가고 있었다. 출범식 준비로 분주한 와중에도 평소 장난기 많던 이혁이 다른 살맛 친구들에게 짓궂은 장난을 제안했다. 우리는 거기에 기쁘게 동조했다.

2008년 1월 25일. 출범식 하루 전날. 살맛 구성원들과 선출된 연세대 분회의 간부들이 무악극장에 모여 준비한 사항을 꼼꼼히 확인하고 있을 때, 우리의 장난이 용역업체 M개발, D기연, 연세대학교 총무처 관리과에 정중히 배달됐다.

'연세대 분회 출범식에 당신을 초대합니다'라는 문구가 선명하게 찍힌 초대장이 그들 마음에 들었는지 모르겠다.

토요일엔 '조합원'님들에게 빨간 장미를!

오지 않을 것만 같았던 출범식 날이 왔다. 그날 공연을 준비하고 있던 '살맛'의 윤중은 무악극장이 너무 넓어 혹시 노동자들이 초라해 보이지는 않을까 걱정했다. 걱정은 기우였다. 12시가 넘어가면서 초대를 받은 학생들과 노동자들이 몰려들자 무악극장은 금방 쪼그라들었다. 풍성한 출범식이 시작됐다.

축사는 이랜드 노동조합 월드컵 분회 황선영 씨가 맡았다. 상암에서 늘 만나던 황선영 씨의 축사, 우리에게는 의미 있는 축사였다. 한창 축사를 하던 황선영 씨가 마지막에 눈물을 보였다.

"언니들, 앞으로 고생할 게 보여서……."

평범한 계산원에서 시작해 이제는 투사가 된 황선영 씨. 특별한 눈물이었다. 그녀의 투쟁은, 이랜드 투쟁은 이미 반년도 훌쩍 넘은 시점까지 녹초가 되도록 뛰어가고 있었다. 결승점은 아직 보이지도 않고 있었다.

그간의 조직화 과정을 전하는 역할을 맡은 하경은 우리를 웃게 했다.

"이때까지는 어머님이라고 불렀었죠? 이제부터는 조합원님이라고 부르겠습니다."

그렇게 말하며 손으로 커다란 하트를 그려 보인 하경의 넉살은 1년이 넘어가고 어머님이 조합원이 돼도 여전했다.

화답은 고경실 부분회장과 익명의 청소 노동자의 편지. 긴장한 고경실 씨가 편지를 읽어 내려가는 목소리는 어색했고, 익명의 글을 대독한 살맛 민경의 목소리는 낭랑했다. 하지만 내용에는 한결같이 어떤 똑같은 감정이 묻어 있었다.

"최고의 지성을 만드는 대학 안에 이런 비인간적인 행태가 벌어지고 있어도 누구 하나 그것에 대해 말하는 이 없으니 이러고도 올바른 인간 만드는 곳인가 말이다."

"우리 아줌마, 아저씨들에게 잘했다고 정말로 칭찬을 드립니다. 감사합니다."

자신들을 가두고 흔드는 벽을 깨기 위해서 자기 혼자서 움직여야만 했던 이들이 함께 자리에서 일어나는 소리였다. 파란을 예고하는 소리였다.

켄 로치 감독의 영화 〈빵과 장미〉에는 연세대 노동자들과 꼭 닮은 미국의 청소 노동자들이 나온다. 그 영화는 노동조합을 만든 노동자들의 투쟁을 그리고 있지만 동시에 그들에게 필요한 것이 단순히 돈뿐만은 아니라는 것을 주인공들의 삶을 통해 보여준다. 사람은 빵만으로는 살 수 없다. 사람은 누구나 자신 안에 있는 가능성을 활짝 피워낼 '권리'

꽃은 모든 이들의 눈 속에서 공평하게 아름답다. 우리 모두에게 '노동'이나 '인간다움' 같은 큰 가치들도 아름다워야 한다는 생각이었다.

또한 갖고 있다. 빵, 굶어 죽지 않을 권리. 장미, 인간다울 그리고 행복해질 권리. 늘 우리에게 언니라고 놀림을 받던 귀여운 이지언, 그 남자가 이 영화를 보고 우리 마음에 꼭 드는 아이디어를 냈다.

　그 토요일, 우리는 출범식을 마친 '조합원'님들에게 빨간 장미를 한 송이씩 선물했다.

3부. 그리고 투쟁

장미, 첫 투쟁

투쟁의 기운

출범식이 있기 전부터 학교에는 흉흉한 기운이 돌고 있었다. 대부분이 60세 이상인 연세대 노동자들의 정년을 62세로 축소한다는 소문 때문이었다. 노동조합이 생긴다는 소문과 걸음을 함께하며 따라다니는 소문이었으니, 노동조합을 무력화하기 위한 의도가 깔려 있다는 의심이 들었다. 정년이 줄어들면 노동자의 절반이 해고되고 그 자리에 새로운 사람들이 고용될 것이다. 그건 노동조합에 내려지는 금치산 판정과 다를 바가 없었다.

출범식이 끝나자마자 또 다른 소문이 돌았다. 재계약 기간에 M개발을 다른 업체로 교체한다는 이야기였다. 초창기 김 부장 사건으로 조합 가입 열기가 뜨거운 업체였다. M개발이 연세대에서만 그간 20년 가까이 용역을 수주해왔으니, 이 교체도 고의적이라는 의심을 피하기 어려웠다. 노동조합이 만들어질 움직임이 보이는 하청업체를 갈아 치워 해당 하청업체와 계약하고 있던 노동자를 사실상 해고하는 수법은 이미 지난 몇 년간 국내 굴지의 대기업들이 선보인 기술이었다.

노동조합의 출범에 맞춰 이 소문에 대한 확인을 학교 측에 요청했다. 학교는 청소·경비직 노동자들의 고용 문제는 용역업체와 이야기하라며 슬그머니 뒤로 물러섰다. 물증은 없지만 심증이 굳어지는 순간이었다.

대량해고 사태가 목전으로 다가왔다. 세상에 투쟁을 바라는 사람은 없다. 더러우면 다른 곳으로 옮겨가면 그만이지 생각할 때도 잦다. 실제로 많은 사람이 그렇게 또 다른 일자리를 찾아 떠난다. 하지만 연세대 조합원들은 그럴 수가 없었다. 짧게는 몇 년 길게는 20년을 넘게 일한 일터였다. 나이가 차서 다른 곳으로 옮겨도 적응한다는 보장이 없었다. 다른 곳으로 옮긴다고 해서 상황이 나아지지 않는다는 것도 다들 알고 있다. 어디에서든 청소 노동을 하고, 경비 노동을 하면 배알 꼴리는 일들 꾹 참고 살아야 한다. 휴일에 자기네 교회 청소해달라는 소장의 요구를 들어줘야 하고, 모욕적인 말도 참아내야 한다. 그렇지만 무슨 수를 써서라도 정년 축소만은 막아내고 회사가 바뀌어도 고용을 승계한다는 약속을 받아내야 했다. 그들에게 노동은 계속 되어야만 하는 것이었다.

정식 출범의 기쁨을 만끽하며 잠깐 숨 돌릴 틈도 없었다. 모든 것을 건 투쟁에 뛰어들어야 할 시간이 왔다. 생각은 길었지만 결정은 순간이었다. 2008년 1월 28일 월요일. 막 노동조합 출범식을 마친 5, 60대 청소 · 경비 노동자들이, 평생 집회라고는 근처에도 가보지 않았던 노동자들이, 나이만큼의 삶의 무게를 짊어지고 연세대학교 본관으로 뛰어들었다. 출범식 이틀 후였다.

투쟁의 마음

　연세대 분회의 첫 투쟁이 삶의 첫 투쟁인 사람들 속에 이진예 씨도 있었다. 김 부장에게 찍혀 유배지인 상경관에서 근무하고 있던 조합원이었다. 진예 씨의 발걸음은 무거웠다. 두려움이 자꾸 진예 씨의 발목을 움켜쥐었다. 추상 같던 소장이 나타나서 당장에라도 흩어지라고 너희들 얼굴 다 기억해놨다고 고래고래 고함을 지르지는 않을까. TV에서 보던 것처럼 당장에라도 경찰이 들이닥쳐 팔자에도 없는 파출소에 가게 되는 건 아닐까. 우리네가 어떻게 사는지는 신경 한번 써본 적 없으면서 무표정한 얼굴의 관리자만 내려보내던 학교가 과연 우리네 이야기를 들어는 줄까. 아무것도 확신할 수 없었다. 처음 가보는 길이었다. 학교 측 사람들이 잠가버릴까 봐 학생들이 단단히 부여잡은 본관 정문을 통과하면서 진예 씨는 옛 기억을 떠올렸다.

자신을 고용한 업체와 투쟁을 한다는 것은 큰 용기를 필요로 한다. 조합원들의 마음속에 일종의 부담감이나 두려움이 자리 잡는 것은 어쩌면 당연한 일이었다.

　처음 연세대에서 일하면서 가장 먼저 입버릇이 된 말이 '미안해요', '잘못했어요'였다. 진예 씨를 밉게 본 관리자는 심심하면 꼬투리를 잡았다. 그게 어쩌나 힘들었는지 진예 씨는 "미안해요. 죄송해요. 잘못했어요" 같은 잠꼬대까지 했다. 놀란 신랑이 그녀를 흔들어 깨워 대체 무슨 일을 하는지 따져 물었다. 진예 씨의 직장 이야기를 들은 신랑은 그다음 날부터 부인보다 일찍 일어나 진예 씨의 신발을 모조리 감추기 시작했다.

그 실랑이를 하면서도 다니던 직장이었다. 이렇게 허무하게, 꿈틀거리자마자 해고될 수는 없었다. 미약한 의지가 살아나자 일이 잘될 것 같은 기분도 들었다. 왕처럼 행세하던 M개발 김 부장의 사과를 받아냈다는 소문을 들었다. 그 뒤로 실제 힘이 빠진 김 부장을 여러 차례 목격하기도 했다. 먼저 이 길을 걸어간 고려대 노동자들, 이랜드 노동자들의 격려도 떠올랐다. 출범식의 여운도 가시지 않았다. 뜻을 같이하는 120여 명의 동료를 직접 눈으로 확인했다. '연대(連帶)'라는 말을 꺼내며 어떤 일이 있어도 함께하겠다는 사람들도 수십 명이었다. 그래도 막상 본관에 들어서자니 심장이 다 벌렁벌렁거렸다. 같이 가고 있는 옆의 동료와 학생들이 서로의 유일한 위안이었다.

우리 심사도 복잡했다. 출범식을 치르고, 항의 방문을 결정하자 마침내 노동조합이 만들어졌다는 실감이 왔다. 이제 팔 부 능선을 넘었다는 안도감도 잠시, 120명을 한자리에 모아놓고 보니 긴장감이 몰려왔다. 혹시나 실패하면? 대량해고 사태가 일어나면? 그래서 모두가 돌아가지 못하면? 누구도 그런 일이 일어나지 않는다고 확답할 수 없었다. 만약 그런 일이 일어난다면 노동자들에게 조합원이 되자고 설득했던 우리는 평생 죄책감에 시달릴 것이다.

투쟁을 앞둔 복잡한 심정이 연세대 분회 첫 본관 방문의 어수선함과 함께 엉켜 있었다.

장 미 , 첫 투 쟁

"노동조합에서 왔습니다."

먼저 어수선한 분위기를 정돈했다. 본관에 들어서면 바로 보이는 약간의 공터와 그 좌우로 길게 이어진 복도에 학생과 노동자들이 앉아 자리를 정렬했다. 그리고 오늘 항의 방문의 목적을 확인했다. 정년 축소 저지, 노동조합 활동 인정, 전원 고용 승계. 확인이 끝나자 분회장과 학생, 서경지부의 이상선 씨가 협상단을 구성해 총무처의 문을 열고 들어섰다. 이제 복잡한 심정을 이겨낼 차례였다. 일부러 힘을 모아 소리를 지르듯 말했다.

"노동조합에서 왔습니다."

이 한마디 말을 학교 앞에서 당당하게 꺼내기 위해서 1년을 넘게 준비해야 했다. 마음속 두려움의 빗장을 치우기가 그렇게도 힘들었다. 노동조합이 결성되는 과정에서는 007작전을 방불케 할 정도의 주의를 기울여야 했다. 모두 '공공노조 연세대 분회'라는 말을 당당하게 꺼내기 위한 작업이었다.

우물쭈물 소파에 앉은 학교 담당자의 얼굴에는 당황한 기색이 역력했다. 학교로서는 처음 겪는 일이었다. 매일같이 업무 지시를 내렸지만, 대꾸 한번 하지 못하던 사람들이, 평소에는 있는 듯 없는 듯 잘 보이지도 않던 사람들이 본관까지 올 줄을 상상이나 했을까. 무슨 일로 왔느냐는 질문에 그간 학교 측의 부당노동 행위에 대해 항의하고, 정년 축소 방안 철회를 요구하러 왔다는 답변이 이어졌다.

"그런 일이라면 용역업체에 가서 이야기하세요."

이제 양자 간에 보이지 않게 놓여 있던 평행선이 막 그 실체를 드러내고 있었다. 학교는 법적인 고용 관계가 없다는 이유를 들어 청소 노동자들을 대화 상대로 인정하지 않고 늘 용역업체에 모든 책임을 떠넘긴다. 하지만 노동자들이 보기에 자신들의 숨통을 틀어쥐고 있는 것은 결국 학교다. 임금에 직접적으로 영향을 미치는 용역비는 결국 학교의 호주머니에서 나온다. 어떤 업체와 계약할지를 선택하는 것도 학교다. 법적인 고용 관계가 성립하지 않는다는 말은 학교가 필요로 할 때에만 위력을 발휘한다. 학교 건물 관리를 담당하는 교직원은 자신들이 고용하지도 않은 청소 노동자들에게 당당하게 불법적인 업무 지시를 내린다.

학교와 노동조합의 첫 대면 자리는 학교가 가진 청소·경비직 노동자에 대한 인식을 적나라하게 보여주는 장이었다. 용역업체와 이야기하라는 답변은 이미 예상했던 바이기에 당황스럽지 않았다. 문제는 학생과 노동자들을 일단 돌려보내려고 총무처 직원들이 꺼낸 말이었다.

"제가 다른 학교랑 임금을 비교해봤는데요. 그래도 우리 학교는 임금이 높은 편이에요. 우리도 처우에 대해서 신경 쓰고 있으니까……."

말이 끝나기도 전에 협상단에서 고함이 터져 나왔다. 복잡한 심경이 절로 온데간데없이 사라졌다. "임금이 높다고요? 최저임금도 주지 않으면서 임금이 높다고요?" 당시 청소 노동자들의 월급은 최저임금에도

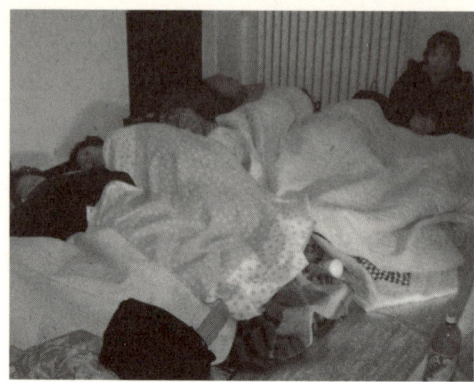

본관 점거 투쟁을 하면서 우리가 피부로 느낀 것은 바닥의 한기가 아니라 서로의 따뜻한 체온이었다. 물론 문제의 본질에 정면으로 나서지 않으려는 학교 측의 소극적 태도도 함께 느꼈다.

못 미쳤다. 둘 중 하나였다. 알고도 묵인했거나, 관심이 없어 알지 못했거나. 즉, 범법 행위이거나, 업무 태만이거나. 한참을 지나도 학교 측의 대답은 한결 같았다.

"당장은 답변을 드릴 수 없으니 일단 본관에서 나가서 답변을 기다리세요."

총무처장이나 총장을 만나게 해달라는 요구에는 거부로 일관했다. 대화가 불가능했다. 대화를 통해 해결한다는 첫 번째 계획은 금방 폐기됐다. 하기 싫었던, 정말 싫었던 두 번째 방법 외에는 길이 보이지 않았다.

밖으로 나온 협상단은 기다리던 사람들에게 협상의 결과를 전했다. 그리고 두 번째 계획이 시작됐다. 무기한 본관 점거. 사무실 문틈으로 새어 나오는 협상단의 대화 내용을 모두 듣고 있던 조합원들은 의외로 차분한 모습으로 점거를 준비하기 시작했다. 그날 저녁 어스름은 우리 마음에 내려앉는 것 같았다.

그들의 체면, 우리의 체면

본관 중앙에서는 점거 준비가 시작됐다. 점거를 알리는 문자가 발송됐다. 총무처 안에서는 협상단과 교직원들이 고성을 주고받고 있었다. 그동안 바깥에서는 점거 준비를 끝내고 집회를 시작했다. 시간이 갈수록 본관을 찾는 사람들은 늘어나고 있었다. 본관 점거 소식을 듣고 연세대 분회를 지지하는 학생들의 발걸음이 이어졌다. 학생과 노동자들은 그 자리에서 처음 '사람'과 '사람'으로 만났다. 날은 춥고 상황은 열악했으나, 누구 하나 불평하지 않았다. 작은 해방구가 열렸다. 서로가 서로의 이야기에 귀 기울이고, 응원을 나누었다. 첫날의 해는 그렇게 저물었다. 내일 출근해야 하는 조합원들은 일단 집으로 가고, 노동조합 간부와 학생들만 남아 본관을 지키기로 했다.

둘째 날, 노동조합의 첫 일정은 협상단의 구매처 방문으로 시작되었다. 총무처가 용역업체들의 업무를 관리 감독하는 곳이라면, 구매처는 용역업체를 선정하는 곳이다. 당장의 고용 승계, 정년 축소, 노동 조건, 임금과 관련해서는 구매처의 역할이 중요했다. 구매처도 책임을 회피

했다. "청소·경비 노동자와 관련된 업무는 총무처와 이야기하세요". 한창 실랑이가 오가던 중 협상단의 눈에 용역업체 소장, 사장들의 얼굴이 눈에 띄었다. 조합원들이 본관에 있는 동안 백양관 구매과에서는 조합원과 학생들의 눈을 피해 용역업체와의 계약이 진행되고 있었던 것이다. 노동조합이 출범했음에도 불구하고 비밀리에 계약을 진행하는 의도는 명확했다.

구매과의 계약을 방해하면서 새로운 작전을 준비했다. '살맛'은 이 모든 상황을 연세대 게시판을 통해 생중계하고 보도자료를 언론사에 돌렸다. 연세대학교에서 일하는 청소 노동자들이 최저임금도 받지 못했다는 사실, 청소 노동자와 학생들이 함께하는 전대미문의 본관 점거가 진행되고 있다는 사실, 학교가 그들을 따돌리고 조합원들을 사실상 해고하려는 작전을 편다는 사실이 언론사의 이목을 끌었다. 본관으로 백양관으로 언론사의 방문이 계속 이어졌다.

이때부터 학교의 태도가 돌변했다. 기사가 터지기 전에 사태를 마무리하는 쪽으로 입장을 선회한 듯했다. 1박 2일을 달리던 평행선이 드디어 무너지고, 협상안이라고 부를 수 있을 만한 제안이 학교 측에서 나오기 시작했다. 이번에는 우리가 완강하게 버텼다. 고용 승계, 정년 축소 철회를 문서로 확인받고, D기연과 M개발이 그간 저지른 불법 부당 노동 행위를 조합원들 앞에서 정식으로 사과하지 않으면 본관에서 나갈 수 없다고 말했다. 어차피 우리 쪽은 밥줄이 달린 문제라 물러서고 싶어도 물러설 곳이 없는 처지였다. 학교는 고용 승계, 정년 축소와 관련해서는 계속 조금씩 변하는 제안을 우리에게 내놓았다. 그러면서 용역업체에는 사과 요구를 받아들이라고 압박했다. 학교가 전면에 나설 필요가 없는 일이었기 때문이다.

오후 4시부터 용역업체 사장과 현장 소장의 본관 방문이 이어졌다. 더 이상 예전의 고압적인 태도는 볼 수 없었다. 노동자들은 말 그대로 10년 묵은 체증이 내려가는 것을 느꼈다. 십수 년, 왕처럼 행세해온 이들이 노동자들이 앉아 있는 자리에 찾아와 공손한 어조로 사과하고 있었다. 특히 M개발 김 부장은 사직서 강요, 체불임금과 관련하여 잘못을 시인하고, 법에 따라 체불임금을 지급하겠다고 약속했다.

그 이야기 말미에 한 노동자가 손을 들고 그동안 마음속에 담아두었던 자신의 이야기를 털어놓았다. "여기 있는 사람들도 집에 가면 사랑받는 아내고, 엄마고, 친구도 있는 사람들이에요. 그동안 너무 하셨던 거 묻지 않을 테니, 앞으로는 어디를 가더라도 그렇게 안 하셨으면 좋겠어요." "맞아, 맞아." 동조하는 소리가 퍼져 나갔다.

우리들에게 그 용서는 놀라운 광경이었다. 욕설과 비아냥거림을 상상하던 우리들. 문득 그 용서의 광경이 우리가 상상하던 광경보다 조합원들의 상처를 더 잘 치유할 것처럼 보였다. 우리가 머리로는 알되 온전히 삶 속으로 끌어들이지는 못하고 있던 인간성이 비로소 현실에 자리를 잡고 조합원들 사이에 함께 앉아 있었다. 그래, 장미. 우리가 건넨 장미가 거기서 활짝 웃고 있었다.

지금 생각해보면 학교가 도덕적 체면을 생각해서 물러선 것이 그들로서는 결정적인 실수였다. 그들이 점잖은 체통을 유지하려고 용역회사를 옥박지르며 사과를 시킨 통에 연세대 노동자들의 숨어 있던 가능성이 만발했다. 조합원들은 그 순간, 그곳에서 간접 고용 비정규직 청소 노동자의 체면은 투쟁하지 않으면 결코 얻을 수 없다는 사실을 알게됐다. 그때는 몰랐지만 그 두 체면의 입장 차이가 살짝 엿보인 순간, 이미 점거 투쟁의 결과는 예정된 것이나 다름없었다.

변화는 바로 드러났다. 저녁이 되자 어제와 달리 조합원 중에도 집에 가지 않는 사람들이 생겼다. 집안일도 하셔야 하고, 내일 출근도 있으니 집에 가서 한숨 푹 자고 오시라는 학생들의 말도 소용이 없었다. 집에 있는 내내 밤새도록 본관에 있을 조합 간부와 학생들이 눈에 밟혔다며, 우리 투쟁이니 우리가 스스로 자리를 지키겠다고 말했다. 학생들의 수도 더 늘어 있었다.

학생들이 동아리방에서 가져온 오래된 난로와 조합원들이 휴게실에서 가져온 해진 이불이 모였다. 아직 추운 1월. 그런데 마음은 따뜻한 1월의 어느 잠자리 준비 시간이었다.

끝, 그리고 시작

몸에 밴 습관으로 노동자들이 다음 날 일찍 아침을 열었다. 여성 조합원들은 4시 즈음부터 일어나 두런두런 담소를 나누기 시작했다.

셋째 날부터는 점심시간 이후에는 일을 놓고 본관에 모이기로 했다. 조간신문 몇 개에는 연세대 이야기가 단신으로 실렸다. 오전이 넘어가면서는 본격적인 기사나 기획 기사를 준비하는 기자들이 연세대를 들락거렸다. 사태가 이쯤 되자 학교 측도 급해졌다. 오전 11시부터 학교 주요 부처의 처장들이 모여 회의를 시작했다. 총장도 참석했다는 이야기가 들렸다. 마침내 문제를 결정할 만한 권한을 가진 사람들이 움직이기 시작한 것이다. 끈질기게 본관을 지켜낸 결과였다. 만에 하나 새 학기가 시작될 때까지도 본관 점거가 지속된다면 학교도 체면치레하기가 쉽지 않을 터였다. 협상단 쪽 상황 보고에서도 반가운 소식이 들려왔다. 학교 측 담당자가 고용 승계, 정년문제와 관련해 구두가 아닌 다른 방법으로 책임을 지겠다고 말했다는 소식이었다.

파업은 노동자들의 배움터라고 했던가. 이날은 실제로 본관 한복판에서 강연이 열렸다. 연세대 분회의 법률 상담을 맡고 있는 조제희 노무사의 노동법 강연이었다. 최저임금, 휴게시간, 근무시간 관련 규정, 주 5일제, 추가 수당 등. 이야기를 듣는 노동자들의 표정은 진지했다. 잡담 나누는 사람도, 한눈파는 사람도 없었다. 질문도 쏟아졌다.

강연이 끝나자 용역업체 사장과 학교 구매부장이 나타났다. 구매부장은 그 자리에서 조합의 요구가 거의 수용된 입장을 밝혔다. "정년 축소는 철회하겠습니다. 고용 승계도 최대한 노력하겠습니다. 최저낙찰제로 입찰하지도 않고, 좋은 업체를 선정하도록 하겠습니다. 최저임금은 반드시 지켜질 겁니다. 또 다른 문제가 있으면 언제든지 학교에 얘기하세요. 용역회사가 잘못하면 1년 뒤에 반드시 바꾸겠습니다". 용역업체 사장도 부당노동 행위를 하지 않겠으며 노동조합 활동을 보장하겠다고 약속했다. 믿기지 않았는지 구매부장과 용역업체 사장에게 번갈아가며 다시 확인하는 고경실 부분회장의 목소리와 함께 연세대 분회의 첫 싸움이 팔 부 능선을 넘어가고 있었다.

기세를 타고 연세대 본관 정중앙에서 김경순 분회장과 고경실 부분회장의 선언이 이어졌다. "우리 밥그릇은 우리가 찾읍시다. 이제부터는 내 권리를 주장하고 잃었던 것을 되찾기 위해 싸웁시다". 조합원들 사이사이에서 박수 소리와 "옳소." 하는 소리가 터져 나왔다. 본관에 들어올 때와는 전혀 다른 모습이었다. 2박 3일이라는 짧은 시간 동안 이루어진 조합원들의 질적 성장이 학생들을 자극했다. 학생들은 양적으로 성장했다. 본관에 있는 학생들의 숫자는 계속 늘었다. LT에 가 있던 전 총학생회, 단과대, 과학생회, 반학생회 회장단 전원이 만약 이번 협상이 어그러진다면 당장 일정을 취소하고 올라오겠다는 의지를 학교 측에 통보했다.

본관 점거는 마무리 국면으로 향하고 있었다. 이제 합의한 내용을 문구로 정리해 서명하는 일만 남았다. 막판까지도 승강이가 오갔다. 교직원 안에서도 자기들끼리 매파와 비둘기파로 나뉘어 거친 말을 주고받았다.

그날 밤 자정에 가까운 시간. 정년 축소 조항이 삭제되고, 완전한 고용 승계와 노동조합 활동 보장을 골자로 하는 합의서가 작성됐다. 이 합의서는 학교, 회사 양측의 서명과 함께 도급 계약서에 첨부됐다.

김경순 분회장이 협상장에서 걸어 나왔다. 적막 속에서 모두가 김경순 분회장의 입을 바라보았다.

"됐다."

함성이 적막을 깨며 터져 나왔다. 모두가 기쁨에 겨워 서로 끌어안았다. 학생이 노동자에게, 노동자가 학생에게 고맙다는 말, 잘했다는 말을 아끼지 않고 건넸다. 연세대 본관, 2박 3일간 쌓인 피로와 긴장이 녹아내리고 있었다. 깜깜한 어둠을 가르며 찜찜함도 걱정도 없는 순수한 기쁨이 흐르고 있었다.

우리가 뒷정리를 끝내고 정문 앞 횡단보도에 다다랐을 때, 건너편에 잠깐 아르바이트를 갔다가 소식을 듣고 달려온 이혁이 보였다. 신호가 바뀌었다. 차들이 멈췄다. 횡단보도 중앙에서 우리는 마주쳤다. "고생했다." 혁이 횡단보도 가운데서 우리를 한 명, 한 명 안아주었다. 좌우에서 멈춰 선 자동차들의 헤드라이트가 어느 영화 속 조명처럼 우리를 향해 뿜어지고 있었다. 승리도 투쟁도 즐거움도 이제 시작이었다.

장미 뿌리내리다

집 찾기 투쟁

노동조합을 만들고 회사와 조합 간의 법적인 임금단체협상(이하 임단협)을 통해 두 명의 분회 간부가 노동조합의 일만 전담하는 전임자가 되었다. 그런데 막상 전임자들은 떠돌이 신세가 되어야 할 처지였다. 예전에도 간부들은 회의해야 할 때면 여기저기 알아봐 겨우 학생회실을 빌리곤 했다. 하지만 이제 전임자가 확정됐으니 상주하며 노동조합 업무를 맡아 볼 공간이 필요했다. 노동조합 전임자가 온종일 학생회실에서 죽치고 있을 수야 없는 노릇 아닌가. 막막했다.

임단협을 진행하는 동안에도 노조 사무실 문제는 빠지지 않고 등장했었다. 용역업체의 반응은 한결같았다. '우리도 필요성은 인정하지만 학교 안의 공간을 우리 마음대로 내줄 수는 없다.' 용역업체는 이전

일에 대한 한풀이라도 하듯이 학교에 책임을 떠넘겼다. 용역업체가 해결해줄 수 없는 일인 것이 사실이기도 했다. 청소·경비직 노동자들이 일하는 공간은 연세대학교다. 조합원들이 일상적으로 드나들며 자신의 불편을 이야기하기 위해, 또 간부들이 조합원들의 사정을 들으러 돌아다니기 위해 노조 사무실도 연세대학교에 있어야 한다. 공간을 만들려면 용역업체를 압박하는 동시에 학교와도 협상을 진행하는 수밖에 없었다.

전임자로 결정된 옥순 씨는 노조 사무실 생각이 떠오르면 가슴이 답답했다. 하릴없이 빗자루에다 푸념을 늘어놓았다. "너도 집이 있어 밤이면 쉬다 나오는데 우리 노조는 집이 없네."

조합원, 분회 간부, 서경지부 이상선 씨, 살맛 학생들, 지역단체가 머리를 맞댔다. 결국 적당한 자리를 찾아냈다. M개발이 쓰던 노천극장 건물 사무실이었다. M개발은 이번 재계약 때 다른 업체로 갈음될 터였다. 김 부장도 도망가고 없는 터라 주인 없는 자리이기도 했다.

자리가 났으니 협상을 해야 했다. 그러나 학교는 대화를 거부했다. 학교가 노동조합을 공식적인 대화 상대로 인정하는 순간 학교와 노동자들 사이를 가로막고 서 있는 용역업체라는 벽에는 금이 가게 된다. 그게 두려워 학교는 청소·경비직 노동조합을 없는 양 취급했다.

어떻게든 틈바구니를 비집고 들어가려는 묘한 투쟁이 시작됐다. 눈치와 문서의 투쟁이었다. 답변이 없을 줄 알면서도 공문을 보내고 며칠을 기다렸다가 찾아가는 식이었다. 서로 원치 않는 불편한 면담이 나날이 이어졌다. 학교 관계자는 고장 난 축음기마냥 "용역업체, 용역업체"거렸다.

본인도 반복되는 레퍼토리가 지겹다 생각했는지 어느 날은 총무처 담당자가 이런 말도 꺼냈다. "제가 가끔 대동제 같은 때 거기서 잠도 자고 해야 해서 안 됩니다." 시종일관 차분한 목소리로 학교 관계자에게 맞대응하던 옥순 씨의 참고 참아온 마음이 와락 무너졌다. 학생들이 붙여준 '김고함'이라는 별명에 걸맞게 속에 담아뒀던 말을 끝내는 쏟아냈다. "아니, 빗자루도 집이 있는데, 사람이 활동하는 노동조합이 집이 없다는 게 말이 됩니까!"

이후에도 비슷한 상황이 수차례 되풀이됐다. 그러나 답은 나오지 않았다. 최후의 수단만 남았다. M개발이 완전히 자리를 정리하고 나간 날, 최대한 많은 수의 학생과 조합원들이 모였다. M개발이 사무실로 쓰던 자리를 싹 청소하고 사무실을 마련했다. 책상이며, 의자며 필요한 비품도 들였다. 전기기술자 출신의 지부 활동가 이상선 씨는 한동안 컴퓨터며, 난방기에 들어갈 배선을 연결하느라 바빴다. 누구도 접근하지 못하던 고고한 암실이 모든 노동자에게 개방된 광장으로 탈바꿈하는 순간이었다.

뒤통수를 맞은 학교도 가만 보고 있지만은 않았다. 도저히 인정할 수 없었던 모양이다. 아무도 없는 시간을 틈타 사람을 불러 노동조합의 비품을 싹 들어냈다. 지렁이도 밟으면 꿈틀하는 법. 노동조합의 꿈틀은 그 파급력이 좀 컸다. 여기에 학생들까지 힘을 보탰다. 비품을 들어내는 과정에서 찢어진 포스터를 한 장당 50만 원으로 계산해 배상을 청구했다. 자신들이 포스터를 찢긴 했지만, "이게 무슨 50만 원이냐?"라며 총무처 직원이 분통을 터뜨렸다. 기회였다. 찢었다는 사실을 인정한 그 순간, 뒷말은 듣지도 않고 경찰을 불렀다. 경찰서에서 꼬박 하루를 조사받고 나온 총무처 직원은 배상 대신 사무실을 묵인하는 쪽을 택했다. 그 후 노천극장 사무실은 온전히 우리들의 공간이 되었다.

문제는 지금도 학교는 노동조합을 공식적인 대화의 상대로 인정하지 않고 있다. 그러나 우리는 학교 안에 있는 그 공간에서 우리들의 이야기를 끊임없이 적어 내려가고 있다. 직접 고용되어 학교 소개집에 연세대 분회 노동조합 사무실이 실리는 그날까지 적어 내려갈 테다.

마지막으로 하나 더. 가끔 대동제 때 내가 그곳에서 잠을 자야 한다며 공간을 내줄 수 없다고 말하던 총무처의 관계자는 아직 한 번도 사무실 근처에 모습을 드러낸 적이 없다.

습기제거 투쟁

노동조합이 만들어진 이후에도 현장 소장들이 늘 말썽이었다. 당시

D기연의 현장 소장은 퇴역 군인이었다. 그는 현장을 군대처럼 관리했다. 연세대의 새벽은 그의 사열과 함께 시작됐다. M개발이 물러난 자리를 차지한 J업체는 경찰 출신의 현장 소장을 파견했다. 군대식보다 더 무서운 게 경찰식이었다. 그는 수사하듯 노동자들을 몰아붙이곤 했다.

때마침 D기연의 현장 소장이 어느 건물에서 일을 저질렀다. 노동자들이 일하고 있는 곳에 와서 소변이나 볼까 하며 허리춤을 푸는 시늉을 한 것이다. 이 사건은 곧장 연세대 분회 간부들에게 전해졌다. 안 그래도 벼르고 있던 참이었다. 이제 현장 소장이 더는 노동자들의 왕이 아니라는 사실을 업체와 학교가 피부로 느끼게 해줄 필요가 있었다. 학생과 분회 간부들이 머리를 맞대고 작전을 짜기 시작했다.

퇴근 시간 10분 전인 3시 50분. D기연 조합원들에게 문자나 전화가 동시에 전달됐다. 요지는 간단했다. D기연 현장 사무실이 있는 건물 앞으로 퇴근 후 모두 모이자는 것이었다. 수십 명의 조합원이 건물 앞으로 모였다. 건물 밖에서는 곧장 집회가 벌어졌다. 학생들도 계속 모여들었다.

윤중과 재형이 집회에 필요한 실무를 처리했다. 소란이 사무실에 전해졌고 현장 소장이 건물 아래로 내려왔다. 짐짓 의연한 모습으로 현장 소장이 노동자들을 나무랐다. 그게 화근이었다. 학생과 조합원들이 한데 뭉쳐 있는 곳에서 벼락같은 고함이 터져 나왔다.

"뭘 잘했다고 훈계냐!"

그 뒤를 따라 폭발하듯 함성이 울렸다. 윤중과 재형의 기지가 빛을 발했다. 앰프를 통해 이 소리를 증폭시켰다. 건물 바로 옆이 학생들이 등하교를 많이 하는 서문이었다. 소란이 번지는 것을 막으려고 학교 측에서 D기연 본사 직원을 불러냈다.

D기연에서 이사와 과장이 학교에 도착했다. 그들이 도착했을 때는 현장 소장이 경비실로 숨어든 이후였다. 몇몇 조합원과 학생들이 본사 직원들을 따라 경비실로 들어갔다. 밖에서는 집회 소리가 겨울 저녁 하늘을 뒤덮고 있었다. 안에서는 흥분한 현장 소장의 숨소리, 조합 간부들을 설득해 돌려보내려는 D기연 본사 직원들의 설득 소리, 현장 소장과 D기연 직원들에게 성희롱과 그간의 잘잘못을 따져 묻는 조합원들과 학생들의 뾰족한 음성이 뒤섞이고 있었다.

노동조합이 출범하며 그전에 산적해 있던 문제를 동시다발적으로 제기하고 있는 상황이었다. 최저임금 이하로 임금을 지급하고 식대였던 폐지를 빼앗는 등의 문제가 언론 보도 등을 통해 공개되면서 도덕적 비난에 직면해 있던 연세대학교로서는 현장 소장의 성희롱 문제가 이슈화된다는 것은 상상도 하기 싫은 일이었다. 연세대학교가 업체 쪽에 사태를 빨리 마무리하라는 요지의 의사를 전달했다. 깔리던 어둠이 연세대를 까맣게 물들이고서야 집회는 끝이 났다. D기연은 현장 소장을 다른 곳으로 보낸다는 약속을 했다.

어둠을 뚫어내며 기쁜 함성이 퍼져 나갔다. 임금처럼 기록으로 남아 불법이 확실한 것이 아니었기에, 음지에 차오는 습기처럼 눅눅한 폭력이었기에 무기력하게 당해야 했던, 최저임금을 밑도는 임금보다 더 조합원들의 마음을 병들게 했던 현장 관리자의 음성적인 폭력. 그것을 피해자들이 이겨낸 것이다. 이제 현장 소장은 그저 같은 노동자요, 평등한 대화의 상대일 뿐, 더는 군대 선임도, 수사과 반장도, 왕도 아니었다. 피해자들이 눅눅한 상처를 치유하고 미래를 그려 나갈 수 있는 바탕을 마련한 저녁이 그렇게 저물었다.

수줍은 남자들의 투쟁

2008년 9월 어느 날, 연세대학교 공대에서 일하는 경비 조합원 이팔모 씨는 청천벽력 같은 소식을 들었다. 학교로부터 공대의 경비직 12명을 해고하겠다는 통보가 날아든 것이다. 무인경비시스템이라나 뭐라나, 팔모 씨가 하던 일을 이제 최신 첨단 장비가 대신하게 될 거라고 했다. 늙은 노동자의 자리를 젊고 팔팔한 기계가 꿰차고 들어오겠다고 팔모 씨에게 으름장을 놓고 있었다.

팔모 씨는 별의별 생각으로 일이 손에 잡히질 않았다. 이곳에서 일한 지도 5년이 넘었다. 일을 시작하기 전에는 실직하고 집에서 놀고먹는 못난 가장이었다. 연세대에서 경비일을 하게 되면서 가족들 앞에서 늘 축 처져 있던 어깨를 그나마 펼 수 있었는데 이젠 어떻게 가족들 얼굴을 봐야 하나, 얼마 되지 않는 월급이지만 딸자식 등록금 대는 데 보태며 못난 아비 마음의 짐을 덜 수 있었는데 이젠 그마저도 어렵게 되었다.

하루아침에 직장에서 쫓겨나게 되었다. 억울하고 분했다. 이대로 가만히 손을 놓고 있을 수만은 없었다. 지푸라기라도 잡고 싶었다. 올해 겨울, 연세대학교에 노동조합이 출범한 걸 알고 있었지만 팔모 씨는 그때까지 가입하지 않은 상태였다. 내가 그래도 한 집안을 이끄는 가장인데, 머리가 뽀글뽀글한 저 아줌마들 틈에 끼는 것은 왠지 사나이 자존심을 건드리는 일 같았다. 팔모 씨는 용역회사와 노동조합 사이에서 슬쩍슬쩍 간을 보며 줄타기를 하고 있었다. 같이 해고 통보를 받은 다른 남성 경비직 노동자들도 매한가지였다. 아슬아슬한 줄타기. 여기에 학교와 용역회사가 가위를 들이댔다. 줄에서 떨어지기 직전 팔모 씨를 포함한 경비 노동자 몇 명이 노동조합에 손을 내밀었다. 경비 노동자들의 첫 투쟁이 시작되는 순간이었다.

해고된 경비 노동자들과 조합 간부들, 우리가 모여 작전을 짰다.

경비 노동자와 학생들이 노천극장과 대강당 앞에서 피켓팅을 진행했다. 팔모 씨, 풀이 죽어 있다. 다른 경비 노동자들도 평소의 기세등등했던 모습은 간데없이 처량하다. 축 처진 어깨와 힘없이 늘어진 팔다리만 남았다. 팔모 씨는 수줍다는 듯이 들고 있던 피켓으로 얼굴을 자꾸 가렸다. 자식뻘 되는 학생들 앞에서 한 집안의 가장 체면이 말이 아니다, 쥐구멍에라도 숨고 싶은 심정이었다.

백양로에 플래카드가 걸리고 건물 곳곳에 학교와 용역업체를 규탄하는 자보가 붙었다. 학내 여론도 우리 편이었다. 많은 학생이 지지를 표명했다. 여성 조합원과 학생들이 경비 노동자들과 함께 총무처에 항의 방문도 갔다. 우리는 비판의 목소리를 냈고 경비 노동자들은 울분에 찬 목소리를 내질렀다. 하늘이 우리를 돕는지 신기하게도 무인경비시스템 도입 직후에 공대에서 불까지 났다.

학교는 결국 무릎을 꿇었다. 무인경비시스템을 도입하겠다는 결정을 취소했고 공대 경비 노동자 12명에 대한 해고 통보를 철회했다. 경비 노동자들의 첫 투쟁은 승리했다.

그 이후, 경비 노동자들이 대거 노조에 가입했다. 경비 노동자들은 첫 투쟁의 경험을 얻었고 학교와 용역업체에 맞서 승리하는 노조의 힘을 두 눈으로 확인했다. 학생들의 눈에 무뚝뚝한 아버지 같기만 하던 경비 노동자들이 학생들과 처음으로 관계를 맺고 친해지는 계기가 되기도 했다. 장난기가 많아 학생들을 놀리는 재미로 사는 것처럼 보이는 지금의 부분회장 정충모 씨는 팔모 씨와 함께 대강당 앞에서 피켓으로 얼굴을 가리던 경비 노동자 중 한 명이었다. 그러고 보면 우리는 밟을수록 강해졌다. 그런데 왜 학교와 용역업체는 그걸 아직 모르고 있을까.

가부장적인 아버지들과 다투며 자란 우리 세대, 무뚝뚝한 가장이 되어야 한다고 믿고 산 팔모 씨 세대. 그 둘은 거기서 화합하고 있었다. 집에서는 어떻게들 변했을까?

신비한 출근 투쟁

2008년 8월, 백양로에 녹음이 짙게 우거졌다. 노조 사무실에도 신록 같은 아침이 시작되고 있었다. 김경순 분회장과 이상선 씨가 신문을 들추며 간밤에 일어난 세상 이야기들에 제 목소리를 보태고 있을 때 쉰 살쯤 되어 보이는 여자가 노조 사무실로 조심스럽게 들어왔다. "여기가 노동조합 사무실 맞나요? 소문을 듣고 저도 가입하고 싶어서……." 연세대학교 동문회관에서 일한다는 박이랑 씨. 노동조합 가입을 위해 제 발로 여기까지 찾아온 패기와는 어울리지 않게, 말을 건네는 얼굴에 긴장한 기색이 역력했다. 이랑 씨는 넓은 연세대에서도 끝자락에 매달린 동문회관 건물의 청소 노동자였다.

노동조합 출범 이후로 조합원의 숫자가 200명 가까이 늘어났지만, 동문회관에서 일하는 사람은 한 명도 없었다. 들려오는 바에 따르면 동문회관의 노동자들은 대부분 노동조합에 비호의적이라고 했다. 처음 보는 동료를 맞이하는 경순 씨와 상선 씨의 몸놀림이 반가움과 당황으로 갈팡질팡했다. 경순 씨는 이랑 씨에게 따뜻한 커피 한잔을 권했다.

반가운 자신의 마음이 찻잔의 온기처럼 전해지길 바랐다.

　동문회관에는 예식장이 있어서 주말에도 나와서 일해야 한다, 일은 힘든데 임금은 60만 원 정도밖에 안 된다, 현장 소장의 괴롭힘이 견디기 힘들다, 노동조합이 생겼다는 말을 듣고 무턱대고 찾아왔다 등의 이야기를 털어놓는 이랑 씨. 찻잔을 잡은 손이 미세하게 떨렸다. 그날 처음으로 연세대 분회에 동문회관 노동자가 가입했다.

　이랑 씨가 노조에 가입한 사실은 동문회관에서 일하는 다른 동료와 당시 동문회관의 용역업체였던 D실업에도 금방 알려졌다. 그때부터 이랑 씨의 수난이 시작되었다. D실업 사장은 노조에 가입한 이랑 씨를 잘라내기 위해 수단과 방법을 가리지 않았다. 사장의 사주를 받은 현장 소장은 전보다 더 열심히 이랑 씨를 괴롭혔다. 이랑 씨가 닦아놓은 곳을 손가락으로 슬쩍 쓸어보며 "다시 해!" 엄포를 놓았다. 말을 걸면 "꺼져!" 소리를 지르기가 일쑤였다. 힘들어서 휴게실에서 쉬기라도 하면 어디선가 나타나 리모컨을 집어던지며 욕을 했다. 휴게실에서 라디오를 듣는 게 유일한 낙이었던 이랑 씨에게 그 하나뿐인 즐거움마저 빼앗아 갔다. 어느 날, 휴게실에 와보니 라디오가 없었고, 휴게실 장판은 비참하게 찢겨져 있었다. 이랑 씨는 장판이 찢겨나간 휴게실을 떠나 화장실을 새 휴게실로 삼았다. 분위기를 파악한 다른 노동자들이 슬금슬금 이랑 씨를 피하기 시작하더니 이젠 아예 대놓고 왕따를 시켰다. 노동도 고된데, 말 한마디 건네는 친구 하나 없이 졸지에 미운 오리 새끼가 된 이랑 씨는 서러워 밤마다 울었다. 노동조합에 가입한 게 그렇게 잘못이 냐, 혼자 이불 속에서, 서러운 가슴으로 묻고 또 물었다.

이랑 씨는 노조 사무실에 찾아와 펑펑 울었다. 지난번 노조 사무실 안에서 수줍게 피어난, 진달래꽃 같던 이랑 씨의 얼굴은 한 달 사이 처참하게 시들어 있었다. 괴로움을 호소하는 눈빛이 두려움으로 심하게 떨리고 있었다. 스트레스 때문에 아무 일도 할 수가 없고, 하루하루가 우울하다고 했다. 제정신이 아닌 것처럼 보였다.

하지만 분회장, 부분회장, 상선 씨, 우리까지 모두 이랑 씨 편이었다. 겁내지 말라고, 함께 싸우자고 이랑 씨를 설득했다. 소장과 동료의 괴롭힘으로부터 이랑 씨를 보호하기 위해 학생들이 교대로 온종일 이랑 씨를 따라다녔다. 이랑 씨가 빗자루질을 하는 곳에도 걸레질을 하는 곳에도 그림자처럼 학생들이 따라붙었다. 새로 생긴 동료를 보고 이랑 씨도 용기를 냈다. 자신을 인간 취급도 안 하는 소장과 사장에게 이젠 두려움이 아니라 독기와 오기가 생겨났다. 어려운 상황 속에서 지원군을 자처하는 노동조합과 학생들에게 고맙고 미안해서라도 믿음을 저버리고 싶지 않았다. 소장의 폭언과 폭행에도 동료의 따돌림에도 목석처럼 끈질기게 버텼다.

그런 이랑 씨에게 회사는 일방적으로 해고를 통보했다. 방법도 유치했다. 한 노동자를 시켜 이랑 씨와 싸우게 하고는 그걸 꼬투리 잡았다. 이랑 씨의 출퇴근 카드는 소장의 손에 구겨져 쓰레기통에 처박혔다.

우리는 꾀를 냈다. 이랑 씨는 해고에 아랑곳하지 않고 출근하고 일하는 신비한 투쟁, 출근 투쟁을 시작했다. 학생들도 이랑 씨와 함께 동문회관으로 '출근'을 했다. 그 과정에서 동문회관을 담당하고 있던 용역업체인 D실업이 노동자들에게 그동안 최저임금 이하의 임금을 지급해왔다는 증거를 잡아냈다. 우리는 노동청에 부당 해고와 체불임금에 대한 진정서를 제출하고, 사장의 사주를 받아 이랑 씨의 물건을 훔치고 폭행한 노동자를 절도죄와 폭행죄로, 사장을 폭행사주죄로 고소했다.

우리는 용역업체 사무실과 총무처에 찾아가 항의하고 동문회관 앞에서 매일 집회를 열고 피켓 시위를 했다. 이랑 씨와 노동조합, 우리들의 신비한 출근 투쟁은 두 달을 넘기고도 끈질기게 계속됐다.

용역업체가 지쳐 녹다운됐다. 노동청에서는 부당 해고 판결도 났다. 이랑 씨는 현장으로 복귀했고 3년 간의 체불임금 약 1천만 원을 받아냈다. 원청인 동문회관은 노동조합과 학생들의 압력으로 동문회관 담당 용역업체인 D실업을 교체하고 노동자들을 전원 고용 승계했다. 사장의 사주를 받아 이랑 씨를 폭행했던 노동자는 사장과 함께 사라졌다. 6개월간의 투쟁, 2개월간의 출근 투쟁은 승리를 거두었다.

노동조합의 승리와 이랑 씨가 체불임금을 받아냈다는 소문을 들은 동문회관 노동자들이 노조에 가입하겠다고 찾아왔다. 체불임금을 받고 싶다고 했다. 그간 이랑 씨를 따돌려온 게 얄미웠지만 그들도 원해서 그런 것이 아니었을 것이다. 그들도 연세대학교 조합원이 되었고,

몇 개월 후 체불임금도 모두 돌려받았다.

투쟁의 터널을 뚫고 나온 이랑 씨가 말한다. "옛날에는 노동조합하는 사람들, 거리에서 시위하는 사람들 보면 저거 왜 하나 싶고, 무섭고 그랬어. 막상 해보니 인간답게 살기 위해 당연히 해야 하는 건데…….지금은 비슷한 처지의 다른 사람들한테 말하고 다녀, 노동조합은 꼭 있어야 된다고, 그래야 우리가 인간답게 살 수 있다고".

장미, 세상을 향해 피다

발전기금이 체불임금?

연세대 분회가 출범한 그 해에 노동조합의 가장 큰 이슈는 뭐니 뭐니 해도 체불임금이었다. 오랜 기간 노동자들을 최저임금 미만의 월급으로 부려 먹다 보니 체불임금의 규모도 엄청났다. 초창기 조합원 120명의 체불임금을 계산한 결과만 4억 원이었다. 그마저도 법적으로 돌려받을 수 있는 3년 어치만 계산한 것이었다. M개발 김 부장은 본관 점거 당시 체불임금이 발생했다는 사실을 시인하고, 이를 지급하겠다는 각서까지 작성했다. 그러나 악명 높던 M개발은 나가는 길에도 뒤통수를 때렸다. 연세대학교와 계약이 해지되자마자 M개발은 폐업신고를 내고, 체불임금을 지급할 의사가 없다는 내용증명을 보내왔다. 김 부장은 잠적했다. 지난 세월 흘린 땀의 대가가, 십수 년간 빼앗기는 줄도 모르고 빼앗겨온 몫이 다시 한 번 허공으로 흩어질 수도 있는 상황이었다.

당장 긴급회의를 소집해 대책을 논의했지만, 뾰족한 수는 나오지 않았다. 일단은 서부지역 노동청(아래 서부지청)의 문을 두드리기로 했다. M개발의 체불임금 지급 발생 사실을 조사하고 판결을 내려달라는 내용의 진정을 넣었다. 그게 2008년 5월이었다.

그런데 4개월이 지나도록 사태에는 진전이 없었다. M개발 사장은 4개월 내내 몸이 아프다며 이해 관계 당사자들 사이의 삼자대면을 회피했다. 딱 한 차례 있었던 삼자대면 자리에서도 휠체어를 타고 나타나 체불임금을 지급할 돈이 없다는 말만 반복하다가 얼마 안 있어 가버렸다. 서부지청도 차일피일 체불임금 발생 사실에 대한 판결을 미루기만 했다. 한편 학교에서는 업체에 용역비를 다 지급했으며 우리도 피해자라는 주장을 내세우며 책임을 회피했다. 뜯긴 돈은 있는데 돌려준다는 이는 아무도 없었다.

그렇다고 물러설 수는 없었다. 학교와 M개발 사이에서 오간 돈의 내역을 뒤지고 또 뒤졌다. 마침내 문제 해결의 실마리가 잡혔다. M개발이 과거 연세대학교에 발전기금 3억 5천만 원을 기부한 사실을 발견한 것이다. 그 액수가 마침 노동자들의 체불임금과 거의 비슷했다. 용역업체가 비정규직 노동자들을 착취해서 벌어들인 돈이 어디로 갔나 했더니, 기부금으로 둔갑해 다시 학교의 배를 불리고 있었다. 노동조합은 학내에 자보를 써 붙이고, 언론사에도 보도 요청을 했다. 『경향신문』에서 기자 한 명이 찾아와 취재하고 기사를 썼다.

기사가 나가자 학교에 대한 비난이 폭주했다. 학교는 발전기금 3억 5천만 원에 대한 해명을 내놓았다. '2007년 5월 학교가 M개발의 용역비 과다 청구 사실을 발견했다. 법적 대응을 고민하던 중 영세 업체인 M 개발의 파산과 그에 고용된 용역 노동자들의 생계문제를 고려하여 형사고발이 아닌 발전기금 형식으로의 회수를 결정했다. 최근 물의를 일으킨 회사의 기부금이라는 점을 알게 된 현시점에서 학교는 발전기금 전액을 M개발에 반환하고 학교가 초과 지급한 용역비에 대해서는 향후 민형사상의 조치를 취할 것이다'라는 내용이었다. 글의 말미에는 이 문제로 본관을 점거하면 엄중하게 대응하겠다는 점잖은 경고도 덧붙여져 있었다.

노동자의 생계문제를 고려했다면서 빼앗은 돈을 자기가 집어삼킨 이상한 상황은 그렇다 치자. 용역 노동자들의 처우를 걱정하는 척하면서 막상 체불임금에 대해서는 아무런 조치도 취하지 않은 이중적인 태도도 그렇다고 치자. 더 기가 막힌 것은 이 지경이 되고도 일관된 학교의 태도였다. 우리는 용역업체에 돈 내놓겠으니, '용역업체와 이야기하시라.'

어쨌거나 파산신고를 한 용역업체에 3억 5천만 원이 돌아갈 것이었다. 이제 M개발은 돈이 없다는 핑계를 댈 수 없게 됐다. 그런데 도저히 M개발을 신뢰할 수 없었다. 학교에서 용역업체로 돈이 가고 다시 업체에서 노동조합으로 오는 과정에서 '배달 사고' 안 난다는 보장이 없었다. 용역업체 사장은 당최 나타나질 않으니 안전하게 체불임금을 돌려받기 위해 서부지청의 판결도 필요했다. '용역 노동자의 처우를 걱정했다'는 학교 입장에서는 이제 남의 일이겠으나, 우리 입장에서는 안전장치가 필요했다. 학교가 책임을 지도록 강제하고 체불임금을 안전하게 운반하기 위해 서부지청의 중재가 필요하다고 느꼈다. 다시 한 번 서부지청의 문을 두드렸다. 이번에는 좀 거세게.

본관과 노동청의 차이, 본관에서와 노동청에서의 차이

일단 지난번과 마찬가지로 면담을 요청했다. 요구하는 내용도 별다를 바 없었다. 지난 '4개월간 요구하는 자료를 다 보냈고 충실하게 조사에 임해왔으니 이제 체불임금 발생에 대한 확실한 판결을 내려달라.' 다만, 이번에는 조합의 간부와 노무사만 가는 것이 아니라는 점이 달랐다. 조합원들과 우리까지 한 200명 정도는 방문할 생각이었다.

몇 개의 그룹으로 나누어 버스를 타고, 신촌에서 서부지청까지 한 시간 길. 200여 명의 대열이 마침내 서부지청에 도착했다. 환영받을 것을 기대하고 간 길은 아니었으나, 돌아온 것은 문전박대였다. 직원들은 대열이 도착하자마자 문을 걸어 잠그려 했다. 다행히 '살맛' 친구들의 반

웅이 그들보다 조금 더 빨랐다. 문 앞으로 뛰어들어가 직원들을 제지하고 문을 붙잡았다. 조합원들이 열린 문 사이로 뛰어들어갔다. 좁은 문 사이로 200여 명의 사람들이 한꺼번에 뛰어들어갔다. 그야말로 아비규환. 그 난리 통에 조합원 최금자 씨가 문에 팔을 쓸렸다. 팔이 벌겋게 부어올랐다. "우리가 무슨 잘못을 했다고, 이런 대접을 받아야 하는지 모르겠네." 아픔에 대한 하소연이었는데 묘한 여운을 남겼다.

서부지청에 들어선 후 모두가 대열을 맞춰 앉았다. 노동청 안은 유독 더웠다. 한여름은 이미 지난 9월 말이었으니, 아마도 서부지청 건물을 가득 메운 조합원과 우리에게서 뿜어져 나오는 열기 탓이었을 게다. 그 열기는 조합원과 우리가 품고 있는 자신감의 표현이기도 하고, 의지의 표현이기도 했다. 첫 본관 점거 때처럼 불안해하는 표정을 짓고 있는 조합원은 아무도 없었다. 노조 사무실 투쟁, 무인경비시스템 도입 저지, 동문회관 투쟁, 언어 성폭력을 일삼은 현장 소장의 인사이동까지 지난 9개월여의 기간 동안 수많은 싸움을 거치며 조합원들은 성장해 있었다. "체불임금 3억 5천 우리들의 피땀이다!" 다 함께 외치는 구호도 어색하지 않았다.

외려 학생들이 더 불안해했다. 대열을 둘러싼 전투경찰 때문이었다. 조합원들이 학교 밖으로 나와 전투경찰과 대치하는 건 이번이 처음 있는 일이었다. 무슨 일이라도 생기면 어쩌나 조마조마했다. 기우였다. 청출어람이라고 했던가. 전경들의 등장에 기가 죽는 조합원은 없었다.

체불임금 투쟁 중인 청소 노동
자들. 당연히 받았어야 할 임금
을 받기 위해 온 그들을 반긴
것은 전투경찰의 대열이었다.

늘 있던 일인 양 정연하게 자리를 지켰다. 때로 살가운 말을 건네기도
했다. 다 자식 같은 나이의 사람들이라며 이런 장소, 이런 상황에서 만
나지 않았으면 웃으며 인사를 나누었을지도 모를 일이라고 안타까워
했다.

  노동청의 태도는 쉽게 변하지 않았다. 밤이 깊어도 지리한 면담이 계
속됐다. 조합의 지도부는 여기에서 밤을 새우더라도 대답을 듣고 가자
고 제안했다. 딱딱한 바닥에서 자는 일이라면 이미 해본 적이 있는 조
합원들이었다. "그래요. 자고 갑시다. 따뜻하고 좋네." 팔을 다치고도
자리를 지키던 금자 씨가 넉살 좋게 그 말을 받았다. 밤을 새운다는 조
합원들의 결의에 놀란 탓일까. 꿈쩍도 않던 서부지청이 10시 20분께
답변을 내놓았다. '연세대학교에서 발생한 청소·경비직 노동자의 체

불임금에 대해 성실하게 조사하겠다'라는 서부지청장의 확인서를 받아 들고서야 조합원들은 발길을 돌렸다.

며칠 뒤에는 분회의 간부들과 조제희 노무사, 학생들이 서부지청에 다시 방문했다. 체불임금의 금액과 무사히 돈을 전달받는 방법을 논의하기 위해서였다.

다시 얼마 뒤에는 서부지청에서 체불임금 3억 5천만 원을 M개발이 지급하라는 판결이 내려졌다. 우리가 청구한 금액은 4억이 넘는데 왜 하필 3억 5천만 원일까. 우연이었을까? 아니면 학교와 서부지청, 업체 사이에 무슨 이야기가 있었던 것일까?

일단락, 드디어 평화

한 달여가 지난 2008년 11월 7일. 노동청에서 체불임금 3억 5천을 받아 가라는 연락이 왔다. 이른 시간이었지만, 조합의 간부들은 물론이고, 꽤 많은 살맛 학생들이 걸음을 같이했다. 이제 추위가 느껴지기 시작할 즈음이었다. 그래서 꼭 때늦은 소풍을 가는 기분이었다.

노동청에 도착했지만, 이번에는 문전박대하는 직원들은 없었다. 몇 시간에 걸친 기다림도 없었다. 도착하고 얼마 지나지 않아 3억 5천만 원짜리 수표 한 장을 받아들었다. 고작 종이 한 장. 그 종이 한 장이 무겁게 느껴졌다. 적혀 있는 액수 때문만은 아니었다. 그 속에 노동자들의 지난 세월 땀이 배어 있기 때문이었다.

그 자리에는 또 한 가지 의미가 있었다. 서부지청에 3억 5천만 원을 들고 나타난 사람은 M개발 직원이 아니라 연세대학교 총무처 직원 2명이었다. 원청이 직접 체불임금을 전달한 셈이다. 물론 이후 총무처 직원들은 언제 그랬냐는 듯 '이 일에 대해 아는 바가 없다', '우리와는 상관없는 일이다'라며 다시 발뺌하긴 했지만.

돌아오는 길에 문득 장난기가 동한 세현이 지인들에게 전화를 걸었다. "학교에서 3억 5천만 원을 천 원짜리로 줬어." 지금 생각해보면 말도 안 되는 그 거짓말을 당시에는 의심하는 사람 하나 없이 다들 분통을 터뜨리며 믿었다. 학내 언론에서 활동하고 있던 용락은 기자들을 부를 생각부터 했다. 지역운동 활동가 이류한승 씨는 괜찮다고 사람들 모아서 상자 들고 나르면 된다고 이야기했다. 서경지부 상근자 이상선 씨가 바로 오겠다며, 전화로 대박을 터뜨렸다. "그 자리에 앉아서 전달하러 온 학교 사람들한테 같이, 날을 세서라도 돈을 세자고 해라. 너도 나도 오늘 밤 집에 가기는 글렀다고 생각하라고 전해라. 한 장이라도 빠져 있으면 가만 안 있을 줄 알고." 농담이었다는 사실을 들킨 세현은 한동안 사람들로부터 면박을 받아야 했지만, 표정만은 즐거워 보였다.

공공노조 서경지부 연세대 분회는 백전백승의 성적을 거두며 출범한 지 1년여 만에 점점 자리를 잡아가고 있었다. 조합원의 수도 점차 불어나 250여 명에 이르러 있었다. 외형적으로만 보자면 확실한 성장이었다.

그러나 분위기에 떠밀려 노동조합에 가입한 조합원, 일단 가입은 했지만 조합의 활동에는 별다른 관심을 보이지 않는 조합원들도 많았다. 조합 운영을 둘러싼 여성 청소직 노동자와 남성 경비직 노동자 간의 은근한 알력 다툼도 생기기 시작했다. 학생모임 살맛도 노동조합 조직화에서부터 크고 작은 투쟁 과정을 숨 가쁘게 달려오면서 보이지 않는 한편에서는 지쳐가고 있었다. 계속되는 승리의 경험과 안정되어가는 주변 상황에 알게 모르게 도취되어 관성화된 운동을 하기도 했다. 돌이켜 보면 그때 이미 훗날 찾아올 위기의 씨앗이 뿌려지고 있었는지도 모른다.

4부. 어떤 일상

학생들의 일상

그녀와 함께 춤을

투쟁이 일단락이 되고 조합원들도 학생들도 일상으로 돌아갔다. 가끔 간헐적으로 문제가 생기거나 집회를 해야 할 일이 생기기도 했지만, 예전처럼 생활이나 마음에서 큰 비중을 차지하지는 않았다. 돌이켜보면 얻은 것이 많았다. 법적 근로조건이 적용되기 시작했고 그간 최저임금 이하로 받아오다 쌓인 체불임금도 돌려받았다.

그러나 갑자기 찾아온 일상이 우리에게는 적응하기 힘든 일탈이었다. 우리는 조합원들과의 만남이 수업을 듣다가, 건물을 지나다가 '우연히' 이루어진다는 사실에 놀라곤 했다. 청소를 하고 있는 조합원들의 모습은 그들에게는 당연한 일과였지만 우리에게는 한없이 낯설게만 다가왔다.

아마 '살맛' 회의에서 투쟁이 끝난 조합원들의 휴게실에 찾아가자는 의견이 나왔던 것에는 그런 일상의 허전함도 한몫을 했을 것이다. 우리는 조를 나눴다. 대화의 주제는 투쟁이 끝나고 바뀐 점 중 무엇이 좋은지, 투쟁 이후에 문제는 없었는지, 노동조합에 바라는 점은 무엇인지 등으로 잡았다. 의견을 듣고 모아서 분회의 간부들과 노동조합이 앞으로 해야 할 일에 대해 이야기를 나눠볼 요량이었다.

나는 중앙도서관을 맡게 됐다. 중앙도서관 지하에 휴게실은 변함없는 모습으로 덩그러니 놓여 있었다. 그 문에서는 어떤 변화도 느껴지지 않았다. 그러나 그 문을 열었을 때, 나는 온몸으로 변화를 실감했다. 일단 내 몸이 휴게실 문을 열면서도 아무런 긴장을 하지 않고 있었다. 언제나 휴게실을 열 때면 좌우를 살피던 눈은 앞쪽 문 너머만을 정확히 바라보고 있었다. 그리고 내 귀로 반가워하는 조합원들의 요란한 인사 소리가 들려왔다. 이제 '조합원님'으로 불리는 노동자들이 불편하지도 불안하지도 않은 자세로 호들갑을 떨었다. 그게 너무 자연스러워 보여서 나도 모르게 빙긋 웃고 말았다.

"안녕하세요. 오랜만이에요."

자리에 앉아 그간의 안녕과 오늘의 안부를 묻는 말들을 주고받았다. 부모가 아들을 원해 이름이 끝순 씨가 되었다는 조합원이 포트에서 물을 끓여 일회용 컵에 차와 커피를 탔다. 간만에 휴게실에서 차를 마시면서 이야기를 나누기 시작했다. 제일 먼저 투쟁이 끝나고 바뀐 점 중에 가장 좋은 점이 뭐냐고 물었다. 근래 최고의 화제가 체불임금이었으니 돌려받은 임금 이야기가 많이 나올 것으로 생각했다. 노동자 한 명, 한 명에게 돌아간 몫도 적지 않았었다.

그런데 웬걸. 체불임금 이야기는 간데없고 주 5일제가 너무 좋다는 말만 한참을 들었다. 나의 우상, 성희 씨는 토요일 날을 편히 쉬니 이제야 진짜 일요일이 있는 것 같다고 이야기했다. 그녀는 지난 일요일에 아들과 영화 〈놈, 놈, 놈〉을 봤다며 신이 나서 스토리를 다 말해버렸다. 나는 그 영화를 볼 작정이었다. 평소라면 맥이 빠졌겠지만, 자꾸 추천하는 진지한 얼굴에 혹해 오히려 더 보고 싶은 마음이 생겼다. 성희 씨의 이야기가 끝나자 기다렸다는 듯이 순선 씨가 아들 내외와 펜션에 갔다 왔다는 자랑을 풀어놨다. 난생처음 가본 펜션이었다고 한다. 평소라면 고단한 노동에 지쳐 꿈도 못 꿀 일이었겠지만 광복절이 금요일이라 갈 수 있었다고 했다. 펜션에 갔다 온 순선 씨는 직장인들이 왜 연초면 월요일, 금요일과 맞아떨어지는 공휴일을 체크해보는지 알 것 같다고 했다. 장난기 돌아 아들은 그렇다 쳐도 며느리가 좋아했겠냐는 농담을 했다가 혼쭐이 났다. 여기저기서 조합원들이 요즘 며느리들이 얼마나 착한데 그런 못된 소리냐고 타박을 했다. 결정타는 정임 씨였다. 그녀는 "세현 씨 애인은 그런가 보네." 혼잣말을 중얼거렸다. 다 들렸다. 조합원들도 나도 킬킬거렸다. 공동으로 연약한 나를 박살 내놓고는 조합원들이 기세를 몰아 너도나도 주말 자랑을 시작했다. 할 말이 궁해진 나는 화제를 돌려야 했다.

　노동조합에 바라는 점이 뭐냐는 질문을 내놓았다. 그런데 역으로 질문이 들어왔다. 학생들은 투쟁 이후에 아무런 문제가 없냐, 우리한테 바라는 것은 없냐, 우리가 학생들을 도울 일은 없냐. 음식이었다면 상다리가 부러질 정도로 많은 질문을 화제에 올리고 나서야 대화가 끝났다. 분명히 내 질문으로 시작했는데 어느새 내가 대답을 하고 있었다. 도깨비에 홀린 기분이었다.

　건물을 빠져나오니 가을 기색이 역력했다. 얼마 전까지 지나가는 학생들에게 노동조합의 투쟁 소식을 적은 종이를 나눠주던 중앙도서관과 학관 사이, 백양로 한 편에 서서 곰곰이 조금 전의 대화를 복기해보았다.

　뒤늦은 충격이 강렬하게 뇌리를 흔들었다. 누구에게나 돈 몇 푼보다 삶이 훨씬 소중할 텐데 나는 왜 투쟁 이후 좋아진 점으로 돈부터 떠올렸을까. 처음에 노동조합을 만들려고 한 이유도 돈이 아니었지 않나. 우리도 조합원들도 그 때문이 아니라 인간다운 삶, 행복한 삶을 만들려고 하지 않았나. 조합원들은 투쟁에 익숙해져버린 내가 잊고 있었던 목적을 여전히 정확하게 파악하고 있었다. 그래서 그녀들은 내게 질문을 쏟아낸 것이다. 이 일상, 변화한 일상 자체가 목적이었다. 앞으로의 목표는 노동조합을 강력하게 만드는 것이 아니라 지금보다 더 나은 일상, 더 행복한 삶을 계획하는 것이어야 마땅했다. 그 와중에 자연스럽게 노동조합도 강해질 터였다.

그날 밤, 침대에 누워 나는 지난 1년의 버릇대로 앞으로의 계획을 생각하다 잠이 들었다. 하지만 무엇을 계획하는지는 완전히 달랐다. 난 내일 앞으로 무엇을 하며 놀까를 생각했다. 그래. 기타. 기타를 배우고 싶다.

여담이지만 그 뒤로 수빈이와 윤중이는 내게 꽤 시달림을 받아야 했다. 수빈이가 한번은 코드를 가르치다 짜증을 냈다. 왜 늦게 기타를 배워 이 난리냐고. 내가 조합원들한테 따지라고 대답했을 때, 나를 바라보던 수빈이의 어리둥절한 얼굴이 아직도 기억난다.

스물다섯 봄에 떠우는 세헌의 편지

백양로 여기저기에 꽃이 피었습니다.

지난주 금요일이었습니다. 성질 급한 꽃들이 잎사귀도 돋기 전에 화사한 제 얼굴부터 움 틔웠더라고요. 꽃바구니에 내려앉은 나비처럼 저항도 못하고, 나는 취했습니다. 날씨가 너무 좋아 수업도 빼먹고 분회 사무실로 갔습니다. 그리곤 김까탈, 김고함을 꼬셔서 청송대를 들쑤셨지요. 냉이가 눈에 띄어, 웅크리고 돌로 그것들을 긁어냈습니다. 냉이 다듬고 막걸리 한잔하니, 꽃이 아니라도 취했을까 그런 생각이 들었어요. 그러고 보니 연세대 분회와도 벌써 4년이네요.

며칠 전에는 동아리방에서 기타를 연습하다, 10학번 새내기와 소주를 한 병 따 마셨어요. 그리고서 수업에 들어갔죠. 酒님 말씀에 충실하게 해롱거렸습니다. 해롱거리면서 내가 처음 백양로를 거닐던 때가 떠오르더라고요. 그러고 보니 동아리에서도 벌써 6년째입니다. 나 같은 마이너 오브 마이너 대학 생활도 없다 싶더니, 돌이켜볼 새도 없이 벌써 시간이 여기까지 흘러버렸어요.

꽃은 피면 예쁘죠. 개나리나 진달래처럼 백양로에서는 흔한 꽃도 사람에 따라서는 눈 떼기 힘든 의미입니다. 1학년 때 저는 개나리 투쟁이라는 말을 듣고 참 좋아라 했어요. 예쁜 말 같아서. 그래서 매번 피는 개나리를 보면 참 좋았습니다.

사실 누구나 알고 있죠. 예쁜 꽃도 언젠가는 시든다는 것을.

이런 말 하면 웃을지 모르겠지만, 나한테도 막 펼쳐진 사쿠라처럼 화사할 때가 있었거든요. 좀 일찍 시들긴 했는데 나한테는 참 강렬한 꽃 핀 봄날이었거든요. 동아리 선배들이랑 소풍도 가고요. 운동권 나쁜 선배들이랑 밤을 떠나보내며 술도 마시고요. 노래도 부르고요. 열정을 장작 삼아 축제도 했었어요. 뙤약볕 아래서 팔뚝질도 했었어요. 새벽 어둠 아스라할 때, 백양관에서 쉰 목소리로 투쟁가도 불렀고요. 혁이가 따뜻하게 안아주기도 했었어요. 아…….

사실 누구나 알고 있죠. 시든 꽃도 언젠가 열매로, 꽃가루로, 씨앗으로 또 새로운 삶을 산다는 것을. 그런데 내 사쿠라는 그러지를 못하네요. 그래서 외사랑에 벙어리 냉가슴 앓듯, 백양로 꽃들만 말없이 봤는지도 모르겠네요. 이 땅에서 꽃처럼 피고 지기가 참 힘드네요. 꽃잎이 바람에 휘날려 환상처럼 나부끼다 신기루처럼 흩어져버리듯, 내 사쿠라도 그렇게 한 가닥 꿈이었을까요?

난 소설가 이영도 씨를 좋아하는데요, 그이가 그랬어요. 누구에게나 인생에 한 번, 마법의 가을이 온다고요. 내게도 최근 몇 년이 마법의 가을이었을까요? 떠날 때를 알고 떠나는 이의 뒷모습이 혹시 처량하지는 않을까요? 잘못된 길로 가지는 않을까요? 마지막 잎새가 떨어지면 죽는다고 꼭 믿었던 그녀처럼, 내 마음도 백양로에 꽃이 지면 차갑게 식어버릴 것 같아요. 그렇게 꼭 믿겨요. 믿기는 것과 믿는 것이 다를 수 있을까요?

　락스가 참 맛있어 보이는, 총을 맞으면 딱 좋을 것 같은, 봄과 여름을 넘나들 시기가 왔음을 알리는 따스한 날씨예요. 바이바이, 내 청춘. 올해를 알리는 저 꽃들이 마파람에 휘날려 스러지면 거기에 실어 날릴게요. 세월이 더 흘러 내게 돌아와줘요. 바이바이, 내 청춘. 이제는 휘날려버린 이름아, 안녕. 손잡고 걸었던 아련한 추억이 이제는 뽀얗게 흩어지네요. 기다릴 거예요. 봄날이 다시 찾아오듯 내 가슴이 꽃가루처럼 뿌려져 다시 움 틔울 날을.

　자랑 같지만요. 나는 내가 참 아름다운 이야기를 할 줄 알고 아름다운 글을 쓸 수 있는 사람이라고 생각했었어요. 머리 위로 하얀 눈이 내려앉아도 그렇게 예쁜 이야기를 하고, 그렇게 아름다운 글을 쓸 수 있을까요?

　고백이 필요한 순간에 고마웠노라, 사랑했노라, 열렬히 그렸노라고 소리칠 수 있어서 너무 행복하네요. 안녕. 내 20대의 절반, 내 평생의 영혼, 영원히 꺼지지 않는 맹렬한 불꽃으로 다가와 이제는 흔들리는 나의 진보여.

노동자들의 일상

투표하는 날

숙희 씨는 오늘 꼭 투표하러 갈 생각이다.

투쟁이 일단락되고 처음 열린 연세대 분회 분회장 선거는 경선으로 치러지고 있었다. 후보는 현직 분회장 경순 씨와 경비직 조합원 호석 씨 두 명이었다. 상대적으로 열세인 호석 씨는 선거운동 기간 부지런히 휴게실을 돌았다. 숙희 씨 건물에서는 반응이 좋지 않았다. 숙희 씨는 그 경비 조합원이 공약이라며 하고 다닌 말을 도저히 이해할 수 없었다.

"학생들과는 거리를 두고, 학교와 친하게 지내겠습니다. 피곤한 집회 참가를 줄이겠습니다."

숙희 씨의 머릿속에는 처음 본관을 점거한 날 밤 '우리가 본관을 지키겠으니 어머니들은 돌아가서 쉬세요.' 말하던 학생들의 모습이 아직도 생생하게 남아 있었다. 그 후로도 학생들은 노동조합에 무슨 일이 생길 때마다 달려왔다. 때론 휴게실까지 찾아와 불편한 점은 없나 넉살 좋은 얼굴로 묻곤 했다.

반면 노조가 없던 시절, 학교 안의 청소 업무를 지시하던 교직원들의 태도는 어떠했던가. 매일 아침 오토바이를 몰고 나타나서는 계단 손잡이며 창문틀을 손가락으로 쓱 훑어보고는 조금이라도 먼지가 묻어 나오면 청소 제대로 안 하냐며 타박을 주고 사라지곤 했다. 그 모습이 얄미워 동료와 얼마나 흉을 봤는지 모른다. 노조가 생긴 후에 말썽이 생겨 본관 총무처를 찾았을 때라고 달랐던가. 그 교직원들은 숙희 씨와 동료를 가리키며 당신들 노동자들과 학교는 아무 상관이 없다고 발뺌을 했었다.

혹시나 호석이 당선될까 염려되어, 숙희 씨는 얼마 전 슬며시 다른 동료의 생각을 떠보기도 했다. 대부분 숙희 씨와 비슷한 생각을 하고 있었다. 그 대화는 자연스럽게 두 후보와 후보의 공약에 대해 평가하는 토론이 됐다. 사이사이에 노동조합이 어떻게 운영되어야 할지에 대한 이야기들도 꽤 나왔다. 숙희 씨는 가끔 이런 이야기들을 나누는 자신과 동료들이 내심 대견하게 느껴지기도 했다. 공적인 일에 참여하고 있다는 뿌듯함이 마음속에 차오를 때도 있었다.

그래도 '혹시나 호석 씨가 당선되면 어쩌나' 하는 마음이 남아 있었다. 숙희 씨는 점심시간이 되자마자 투표장으로 향해야겠다고 다시 한번 굳게 마음을 먹었다.

분회장 선거일. 현직 분회장 경순 씨와 경비직 조합원 호석 씨가 후보로 나섰다. 작은 선거였지만 나름 다양한 공약이 있었다. 현실 정치의 투표율과는 비교할 수 없는 높은 투표율을 기록했다.

　　진례 씨는 숙희 씨와 같은 건물에서 일하고 있다. 휴게실에서 동료들이 선거를 두고 갑론을박을 주고받을 때 진례 씨는 별다른 말을 꺼내지 않았다. 말을 꺼내는 동료들과는 생각이 조금 달랐기 때문이다. 그러나 굳이 싸울 것까지는 없겠다 싶어 말을 참았다.

　　솔직히 매번 집회가 있을 때마다 불려 다니기는 영 피곤한 일이었다. 비슷한 처지에 있는 사람들끼리 서로 돕고 살아야 한다는 말에는 공감할 수 있었다. 우리가 싸울 때 남이 와주면 반가우니 우리도 가주는 게 사람 사는 도리라는 생각도 하고 있었다. 그러나 버스를 타고 걸어서 먼 곳까지 가는 일은 힘들었다. 몸도 잘 따라주지 않을뿐더러 집에는 밀린 집안일이 산더미처럼 쌓여 있었다. 때로는 그 먼 곳에 있는 집회에 가는 일이 나와 무슨 상관이 있다는 건지 잘 와 닿지 않는 날도 있었다. 집회는 가고 싶은 사람들만 가면 되는 것 아니냐, 라는 말이 목구멍까지 치솟아 오를 때도 있었지만 매번 참았다.

얼마 아니라고는 하나, 없는 살림에 조합비 만 원이 아깝게 느껴질 때도 있었다. 진례 씨만 그렇게 생각하는 것도 아닌 듯했다. 순전히 돈 만 원 때문이겠느냐 싶기는 했으나 간혹 조합비가 아깝다며 조합을 탈퇴하는 사람이 있다는 이야기도 종종 들려오곤 했다.

그래도 이번에는 호석 씨에게 표를 던지지 않을 생각이었다. '학생들이 있는 게 아직은 유리하지 않을까' 하는 판단 때문이었다. 같은 편은 한 명이라도 많은 것이 좋을 듯 싶었다. 특히나 '학교'에서 '학생'들이 우리 편이라는 사실에는 마음 든든하게 느껴지는 면이 있었다. 하지만 언제까지 지금 지도부의 조합 운영 방안에 따르기만 해야 하는가의 문제에 대해서는 회의감이 들었다.

복잡한 심사를 마음에 안고 진례 씨는 투표장으로 향했다.

진례 씨가 투표장으로 향하던 그때, 정옥 씨는 막 분회장 선거에서 표를 던지고 나오는 참이었다. 투표장을 나온 정옥 씨는 이제 얼마 후

현장 운영위원을 누구로 뽑을지에 대해 고민하고 있었다. 작년에 정옥 씨 건물의 현장 운영위원이었던 영자 언니가 올해는 집안 사정 때문에 힘들 것 같다며 자리를 고사한 차였다.

누가 좋을지 마음속으로 한 명씩 꼽아봤다. 신중하게 결정해야 할 문제였다. 너무 나이가 많아도, 너무 나이가 적어도 안 됐다. 나이가 너무 많으면 일주일마다 회의에 참석하고 회의 내용을 현장을 돌며 전달해야 하는 운영위원 일을 하기가 어려울 것 같았다. 나이가 너무 적으면 관에서 함께 일하는 동료에게 말발이 먹히지 않을 것이었다. 현장 운영위원을 잘 뽑아야 노동조합이 잘 돌아간다. 돌아가면 이번에는 관의 동료와 누구를 현장 운영위원으로 뽑으면 좋을지에 대해 생각을 나눠봐야지. 다짐하는 정옥 씨였다.

명은 씨의 하루

"삐삐삐삐. 삐삐삐삐."

새벽 4시. 우리가 아직 자고 있거나 전날의 술자리를 이어가고 있을 그 시간에 명은 씨의 아침이 시작된다. 졸린 눈을 비비며 혹여라도 가족들을 깨울까 싶어 조심스레 이불에서 빠져나오지만 자명종 소리가 이미 일을 치고 난 이후다. 뒤척이던 남편이 잠이 덜 깬 목소리로 인사를 건넨다. "잘 다녀와", "응. 더 자" 짧은 대화를 나눈 명은 씨는 간단히 씻고 옷을 챙겨 입은 뒤 부엌으로 향한다.

"딱. 딱. 딱. 딱."

도마 위에서 호박을 써는 소리가 새벽의 고요를 뚫고 울려 퍼진다. 오늘의 메뉴는 된장국이다. 밑반찬이야 냉장고에서 꺼내다 먹으면 될 것이고, 밥은 어제저녁에 해놓은 것이 아직 남았다. 새벽에 일어나 밥을 차리는 일이 힘들 법도 하지만 이미 습관으로 몸에 배어 있다. 그래도 가끔은 30분이라도 더 자고 싶은 마음이 없지 않다.

아침상을 차려놓고 집을 나서 정류장에서 버스를 탄다. 아직은 깜깜한 밤. 덜컹거리는 버스 안은 새벽부터 빽빽하다. 인사를 나누기는 조금 쑥스럽지만 모두 익숙한 얼굴들이다. 보고 있자면 다 비슷한 처지인 사람들이라는 생각에 괜스레 가슴이 찡해지곤 한다. 몇 정거장 가지 않아 직장 동료인 정순 언니가 버스에 올라타는 모습을 발견한다. "언니!" 반가운 마음에 다가서서 버스가 학교로 향하는 동안 이런저런 이야기를 나눈다.

학교에 도착했지만 아직 학생과 교수들은 보이지 않는다. 가끔 술에 거나하게 취한 학생들이 하룻밤 잠자리를 찾아 동아리방으로 올라가는 모습이 눈에 띈다. 그러나 대개 그 시간에 백양로를 거니는 이들은 출근하는 청소 노동자들뿐이다. 그 길에서 노동자들은 서로서로 인사를 나눈다.

청소 노동자 누구에게도 아침 일은 힘들지만, 명은 씨에게는 특히 더하다. 40여 개가 넘는 강의실 문을 일일이 따고 들어가 쓸고 닦아야 한다. 전날 쌓인 쓰레기도 아침에 비운다. 꽉 찬 쓰레기봉투를 꽁꽁 싸매엘리베이터 앞까지 옮겨놓으면 경비 노동자들이 봉투를 1층까지 내린다. 1층 건물 앞의 쓰레기봉투들은 수거차가 걷어간다. 수많은 사람의 손과 발이 착착 맞아떨어져 움직이고 나서야 학교는 아침 채비를 마친다. 말끔한 모습이다. 늘 그랬다는 듯이.

아침 9시가 되면 학교는 온통 학생과 교수들로만 붐빈다. 그들 가운데에서 명은 씨는 복도에 쏟아진 커피를 발견하고 밀걸레로 닦는다. 사람들이 버리고 간 캔이나 과자 봉지를 주워 쓰레기통에 넣는다. 쓰레기봉투가 꽉 차면 비우고 새로운 쓰레기봉투를 넣어놓는다. 명은 씨는 수많은 사람들 사이를 오가며 수많은 일을 한다. 그러나 사람들의 눈에는 그녀가 보이지 않는다.

점심시간이 되면 명은 씨를 비롯한 청소 노동자들이 휴게실로 들어온다. 모두가 모인 휴게실은 시끌벅적하다. 가끔 건물을 지저분하게 쓰는 사람들 흉을 보기도 하고, 자식 이야기, 남편 이야기, 사는 이야기를 나눈다. 레퍼토리 하나는 얼마 전부터 빈도가 급격히 줄어들었는데 바로 현장 소장 흉보기다. 예전에는 악랄하게만 굴던 현장 소장이 요즘은 눈치도 좀 보고 사정도 좀 살펴주고 하는 것 같다. 한창 수다가 오가는 사이 다른 한편에서는 사람들이 낮잠을 잔다.

오후에는 오전과 별다를 바 없는 시간이 지나간다. 수도 없이 복도와 화장실을 오가며 더러워진 곳을 청소한다. 정신없이 학교를 돌아다니다가 오후 4시가 되면 퇴근이다. 퇴근길에는 동료들과 또다시 정담을 나눈다. 가끔은 시장에 나가 막걸리도 한잔 기울인다.

집에 도착하면 몸은 벌써 천근만근이고 쉬고 싶은 마음만 한가득이지만 밥상을 차리고 청소, 빨래 등 하루 동안 밀린 집안일을 한다. 그리고 TV 앞에 앉는다. 명은 씨의 삶에 예나 지금이나 변하지 않는 일상의 낙, 드라마를 보기 위해서다. "저 놈, 저 죽일 놈" 욕도 하고, 때로 눈물도 짓고, 착한 주인공의 일이 잘 풀릴 때면 기뻐하며 드라마를 즐긴다.

그러나 그녀 또한 알고 있다. 배우들이 연기하는, 말 그대로 드라마틱한 삶은 어디까지나 TV 속 이야기일 뿐이다. 드라마 속 주인공의 한없이 굽이치면서도 해피엔딩을 향해 달려가는 삶은 그녀의 삶과는 거리가 먼 것 같다. 그녀 또한 하고 싶은 일을 마음껏 해가며 한바탕 신명나게 살고 싶었는데, 그래서 어릴 적에는 참 꿈도 많았는데, 나이가 들수록 그런 삶은 점점 멀어져만 갔다. 아니, 어쩌면 그 시대에 그 땅의 그런 가정에서 여성으로 태어나는 순간 명은 씨의 삶은 어떤 방향으로 흘러가도록 정해져버린 것인지도 모른다. 그런 세상이었다.

상념에 빠지도록 허락된 시간도 잠시뿐이다. 어느덧 잠자리를 준비할 시간이 온다. 자명종을 머리맡에 놓고 이불 속으로 들어가면 빨려들듯 잠이 들고 곧 내일이 시작된다.

함께하는 일상

대동제의 신 풍경

5월 초순이 되면 연세대학교에서는 대동제가 열린다. 백양로 양쪽으로 빼곡히 과, 반, 동아리들의 주점이 쭉 늘어선다. 학생들이 백양로에 쏟아져 나와 발 디딜 틈 없이 인산인해를 이룬다. 갖가지 놀이와 행사들이 즐비하다. 예전이었다면 청소·경비 노동자들에게 축제는 지옥이었다. 학생들 사이를 유령처럼 오가며 뒤처리를 하고 파전 한 장 얻어먹지 못할 테니까. 이제는 다르다. 연세대 구성원이라면 누구나 청소·경비 노동자들이 함께 학교를 구성한다는 사실을 다 알고 있다. 노동조합이 현실에 있다는 사실을 받아들이기 힘든 용역업체도, 노동조합에 골머리를 싸매는 총무처 교직원도, 노동자들에 익숙해진 학생들도 모두 연세대 분회 주점 티켓을 산다.

다 같이 즐기는 축제 날, 노동자라고 빠질 수 없다. 이제는 연세대 분회도 학관 앞에 당당히 천막을 치고 주점을 차린다. 한켠에는 소주, 맥주, 막걸리를 얼음물에 동동 띄워놓고 다른 쪽에서는 학생들과 함께 김치전 야채전을 부치고, 소시지를 달달 볶는다. 고소한 기름 냄새가 지나가는 손님들의 발길을 잡는다. 다른 주점보다 유리하다. 여기는 요리사들이 프로니까. 오후 4시가 되면 일이 끝난 조합원들이 우르르 밀어닥친다. 서빙을 보는 학생들의 발걸음이 분주해진다. 안주 없이 술만 주문해도 기분이 좋다. 연세대 분회의 장터 수익금은 비정규직 노동문제를 해결하는 일에 쓰이는데 그걸 미리 알고 있던 학생회에서 선뜻 장터에서 팔 술을 내놓았기 때문이다.

이런 날 연세대 분회의 놀이꾼인 풍물패가 빠질 수 없다. 오늘의 무대는 노조 사무실 마룻바닥이 아닌, 벚꽃이 흩날리는 백양로 한복판이다. 진달래꽃, 목련꽃이 만개한 백양로에 5월의 싱그러운 봄빛이 완연하다. 조합원들이 알록달록한 풍물 옷을 때깔 곱게 차려입고 등장하면 그 꽃들과도 어울려 볼 만하다. 백양로 한복판에서 북이며 장구, 꽹과리의 한판 유희가 벌어진다. 백양로를 넘실대는 풍물 소리, 빨강 노랑 파랑 색색의 물결에 지나가던 학생들도 환호하며 흥을 돋운다.

어느 때부터인가 대동제에 볼 수 있게 된 새로운 풍경. 조합원들이 거기서 신명 나고 얼큰하게 축제에 어우러지고 있었다.

어느 하루

경비 노동자 창진 씨의 신선한 오전

창진 씨는 연세대로 향하고 있었다. 그의 첫 출근이었다. 원래 창진 씨는 아파트 경비일을 했었다. 마침 집에서 가까운 연세대학교에 같은 경비 일자리가 났다는 소식을 듣고 전화를 걸어 입사를 결정했다. 첫 출근을 하는 창진 씨는 여러 생각을 했다. 혹시나 전에 다니던 아파트보다 근무조건이 나쁠까 봐 근심도 들었고 그래도 대학이니 더 낫지 않을까 하는 희망적인 생각도 들었다.

간단하게 현장 관리자를 만나고 앞으로 담당하게 될 건물로 향할 때는 좀 더 희망적인 생각이 들었다. 현장 관리자는 예전 아파트에서처럼 돈을 요구하거나 하지 않았다.

건물 경비실에 도착해서 창진 씨는 퇴근을 준비하는 안남 씨를 만났다. 24시간 맞교대 근무니 앞으로 매일 봐야 할 사람이었다. 간단히 인사를 나눌 생각으로 안남 씨에게 말을 걸었다. 인사가 끝나고 무슨 말을 할까 생각을 하다가, 어쩌다 빈자리가 생기게 됐는지를 물었다. 관리자와 싸워서 그만둔 것인지 아니면 다른 사정이 생긴 것인지 궁금했다. 창진 씨의 질문에 안남 씨는 그게 아니라 나이도 들고 건강도 나빠져 퇴직한 것이라고 했다.

"아이고. 그 사람 퇴직금은 잘 받았어요?"

퇴근하려고 막 문을 나서던 안남 씨가 무슨 생각인지 돌아서 창진 씨 곁에 앉았다.

"여기는 퇴직금 못 받는 사람 없어요."

창진 씨는 놀랐다. 보통 1년 계약을 하고 경비일을 하다 중간에 그만두면 퇴직금을 받기 힘들었다. 법적으로 줄 필요가 없는데 그걸 챙겨주는 회사는 없었다. 연이어 궁금증이 들었다. 안남 씨와 주거니 받거니 이야기를 하는 동안 세 시간이 훌쩍 지났다. 안남 씨는 가족의 전화를 받고 이만 가봐야겠다며 자리를 나섰다. 안남 씨의 이야기를 들으니 이곳에는 노동조합이 있다고 했다.

점심시간이 되자 밥을 먹은 창진 씨는 잠깐 고민을 하다 노동조합 사무실이 있다고 안남 씨가 일러준 노천극장으로 향했다.

분회 사무실의 평범한 오후

노천극장에서는 요즘 들어 매일 1시 즈음이면 벌어지는 실랑이가 한창이었다. 옥순 씨는 이미 포기한 지 오래. 시큰둥한 표정으로 앉아 대훈과 경순의 실랑이를 지켜보고 있었다.

"아! 제가 한다니까요!"

"글쎄, 남자가 이런 거 하는 거 아니라니까!"

"또! 또! 남자! 설거지하는 데 그런 게 어디 있어요?"

그래도 오늘은 좀 짧은 편이었다. 보통은 그 뒤로 몇 차례 비슷한 이야기가 오가고는 했다. 막 도착해 컴퓨터를 하던 학생들이 웃으며 대훈을 거들었다. 그렇게 한참 소동이 벌어지는데 대훈을 거들던 학생들이 갑자기 경순에게 눈치를 줬다. 학생들의 눈을 따라 문가를 보자 처음 보는 경비 노동자가 얼빠진 얼굴로 사무실 안을 바라보고 있었다. 경순 씨가 대훈을 때리는 시늉을 한 번 하고는 그에게 물었다.

"어떻게 오셨어요?"

"아…… 오늘 처음 출근했는데……. 노조에 들려고요. 그런데 여기가 그…… 노동조합 사무실이 맞나요?"

경순과 옥순. 두 순이가 창진 씨를 사무실 안으로 들였다. 그사이 재빨리 설거지통을 낚아챈 대훈이 승자의 미소를 지으며 화장실로 총총 사라졌다. 기골이 장대하고 머리가 커다란 대훈이 총총거리는 모습이 장관이었다. 학생들이 헛웃음을 짓다가 컴퓨터 앞으로 사라졌다.

설거지통이 있던 책상 위에 가입서가 대신 놓였다. 경순, 옥순, 창진 씨의 대화와 함께 연세대 분회의 오후 일과가 시작됐다.

대훈의 말

최근 대훈은 계속되는 학교생활에 지쳐 휴학하고 분회사무실로 등교를 시작했다. 거기서 공부를 하거나 조합원들과 놀며 보낸 시간이 벌써 반 학기였다. 자취방 매트리스에 누운 대훈이 기분 좋게 하루를 회상했다.

처음에는 매번 밥을 먹을 때마다 설거지하겠노라 나서도 단칼에 거절하는 두 순이와 이렇게까지 실랑이를 할 생각은 없었다. 그런데 이게 며칠, 몇 주로 늘어나자 식사 후가 가시방석 같았다. 좀 더 길어지자 소화가 안 돼 속이 메슥거렸다. 그래서 차분히 설명했다.

여자만 집안일을 하라는 법은 없다, 그건 잘못된 것이다, 두 분은 사위가 그러면 좋겠냐. 별소리를 다 해봤다. 반응이 시큰둥했다. 심지어 한번은 분회장님이 상대에서 일할 때 한 방을 쓰며 친하게 지낸 진예 씨가 밥을 먹으러 왔다가 대훈을 허무하게 만들었다. "나는 아들밖에 없어서 괜찮아."

그때부터는 오기였다. 매일 실랑이를 했다. 그러기를 한 달여. 드디어 첫 승리를 쟁취했다. 우하하. 대훈은 그날 단잠에 빠졌다. 그리고 꿈 속에서 대훈은 어머니를 봤다. 어머니는 너는 왜 집에서는 그러지 않느냐며 대훈을 나무랐다.

다음 날, 어리둥절한 표정으로 일어난 대훈은 이내 깊은 고민에 빠졌다. 그렇게 또 새로운 하루가 시작되고 있었다.

김까탈, 김고함

2008년 12월의 겨울. 김경순 분회장, 김옥순 부분회장이 살맛 학생들과 함께 영천시장에 장을 보러 간다. 시장통에 들어서자, 꽁꽁 얼어붙은 영천시장에 입김이 모락모락 피어오른다.

채소 가게 앞에서 김경순 분회장은 배추를 요리 보고 조리 보느라 여념이 없다. "배추는 몸통이 단단하고 잎이 싱싱해야지 요렇게 시들시들하면 못써." 배추를 그 자리에서 잡아먹기라도 할 듯 뚫어져라 쳐다본다. 벌써 10분째다. 조윤이 차마 입 밖으로 뱉지는 못하고 '그 배추가 그 배추 같은데……' 속으로 구시렁거린다. 이번에는 김경순 분회장의 날카로운 눈빛이 그 옆에 있는 무에 꽂혔다. "살 게 많으니까 빨리 가요 빨리." 진품 감정하듯 고르고 또 고르는 김경순 분회장에게 이번 김장을 책임지는 다연이가 재촉을 한다. "무는 알이 굵고 반질반질해야 해." 다연이의 앙탈에도 아랑곳하지 않는 김경순 분회장. 이 가게 저 가게 돌아다니다가 품질 좋고 값이 싼 곳을 발견하고는 꽤나 흡족한 얼굴이 된다. "배추 100포기, 무 100개. 연세대학교 노천극장 노조 사무실로 배달해주세요." 노조 사무실 살림을 싹싹하게 꾸려가는 똑소리나는 성격이 시장 안에서도 여전하다. 우리는 농담 반 진담 반으로 그녀에게 '김까탈'이라는 별명을 지어주었다.

그 옆의 가게에서는 김옥순 부분회장이 가게 주인과 작은 실랑이가 붙었다. "고춧가루랑 마늘을 이만큼이나 샀는데 천 원도 안 깎아줘요?" 티격태격하는 김옥순 부분회장의 목소리가 점점 높아진다. "그러지 말고 좀 깎아줘요!" 우렁찬 목소리에 결국 천 원을 에누리해주는 가게 주인의 표정이 부루퉁하다. 마음 착한 조윤이 계면쩍은 웃음을 지으며 가게 주인에게 고맙다고 꾸벅 인사를 하고 나온다. 뱃고동 같은 목소리로 용역업체 소장과 교직원들을 압도하던 그녀의 카리스마가 이곳에서도 여전하다. 우리는 그녀의 고함을 사랑했다. 우리가 붙여준 그녀의 별명은 '김고함'.

김경순 분회장의 까탈과 김옥순 부분회장의 고함이 꽁꽁 언 겨울 시장을 활기차게 헤집고 다닌다. 이들의 까탈과 고함을 종종걸음으로 쫓아가는 살맛 학생들의 마음이 들뜬다. 고춧가루, 마늘, 새우젓 등을 잔뜩 사놓고 시린 손을 호호 불고 있자니 곧 저 멀리서 빨간 오토바이를 탄 민석이가 나타난다. M개발 김 부장이 도망치듯 사라지며 넘겨준 오토바이였다. 김까탈과 김고함 일행은 양손에 잔뜩 짊어진 봉지를 민석이의 오토바이에 싣고 나머지 것들을 사기 위해 다시 과일가게며 정육점을 기웃기웃 거린다. 민석이의 빨간 오토바이는 찬바람을 가르고 연세대학교 노조 사무실을 향해 달려간다. 배추 100개, 무 100개, 고춧가루, 마늘. 새우젓 등. 장을 봐온 것들이 사무실 한편에 차곡차곡 쌓아 월동 준비를 한다.

내일은 연세대학교 백양로 삼거리에서 연세대 분회 조합원들과 학생들이 김장하는 날이다. 본관 앞 백양로 삼거리에서 벌어지는 김장은 이제 연세대 분회의 연례행사가 되었다.

좋은 배추와 무를 고르는 법,
배춧속에 들어가는 양념의 비
율들을 우리는 조합원들에게
배웠다. 올 겨울에도 우리가
담글 김치 맛이 기대된다.

술

한 잔

조금만 마셔도 얼굴이 빨개져 평소에 술을 마시지 않는 대훈도 그날
은 맥주를 한 잔 마셨다. 오랜만에 살맛 친구들이 다 모여 있었다. 재
형, 하경, 명수의 졸업을 축하하는 날이었다. 조합원들과 이상선 부장
도 동석했다. 한잔 술처럼 부드러운 덕담이 오고 가는 술자리였다.

두 잔

평소 술을 즐기지 않는 경순 씨는 벌써 두 잔째 술을 마셨다. 적당히 올라온 취기에 기분이 좋았다. 그날은 경순 씨의 생일. 살맛 친구들 그리고 옥순 씨가 경순 씨의 생일을 챙겼다. 사람들은 영화를 보고 가볍게 술을 마셨다. 보고 온 영화가 그리 재미있지는 않았지만, 서로 떠드는 재미에 지루하지 않은 시간을 보냈다. 기분이 새 신을 신은 것처럼 경쾌했다.

석 잔

흔들리는 버스는 시끄럽기 짝이 없었다. 나영과 유나는 순식간에 막걸리를 석 잔이나 비웠다. 단체협상에 따라 회사에서 지원한 돈으로 단합대회를 가는 버스 안은 무도회장처럼 변한 지 벌써 오래였다. 붉은 얼굴로 연거푸 술을 권하는 조합원들의 손을 거절했다가는 노래를 부르고 춤을 춰야 할 판이었다. 왜 하필 이 버스를 탔을까 원망을 하는 순간, 옆으로 다른 버스가 나란히 달리기 시작했다. 흘깃 옆 차 안을 보니, 성우가 말도 안 되는 춤을 추고 있었다. 웃음이 나왔다. 버스는 마치 취기가 오른 것처럼 흥분에 들썩이며 유쾌하게 내달리고 있었다.

넉 잔

상선 씨는 넉 잔째 연달아 소주를 들이켰다. 달아오른 얼굴에는 정이 가득했지만 한편으로는 안쓰러움이 묻어 있었다. 살맛 학생들의 표정도 비슷했다. 경순 씨와 옥순 씨는 속상하고 서운한 표정이 벌써 얼굴에 드러나 있었다. 순원의 입대를 배웅하는 술자리였다. 다들 평소처럼 두런두런 이야기를 나누고 있었지만 얼굴들이 평소와 딴판이었다. 늘 분위기를 맞추는 하얀도 표정이 어두웠다. 분위기를 깨보려고 유쾌한 화제들을 던져보고는 했지만, 그때마다 툭 튕겨 나왔다. 소주 맛이 썼다.

만취

학생들과 조합원들로 점령된 술집 아름나라. 백 명을 만취시키고도 남을 정도의 술 박스들이 점차 사라지고 빈 병이 끝없이 늘어나고 있었다. 주방에서는 뜨거운 불 위로 파전이 끊임없이 뒤집히고 있었다. 홀은 떠들썩했다. 바로 옆자리 사람과도 이야기를 나누기 힘들 정도였다. 테이블이 없어 바닥에 앉은 사람도 많았다. 2008년을 보내고 2009년을 맞이하는 송년회 자리였다. 사회를 맡은 화정도 마이크를 포기하고 사람들과 어울리기 시작한 지 이미 오래였다. 장사도 조합도 성황이었다.

숙취

전화벨이 울리지 않았다면 병연은 일어나지 않았을 것이다. 숙취에 깨지는 머리를 부여잡고 전화기를 들었지만 잠꼬대 같은 헛소리를 늘어놓고 다시 잠이 들었다. 전화기 반대편에서는 화가 난 다연이 병연과 평소 친한 새천년관의 옥희 씨에게 전화기를 넘겼다. 옥희 씨가 병연에게 전화를 다시 걸었다. 불통이었다. 번갈아가며 전화를 걸기 시작했다. 아마 두 사람이 끝없이 거는 전화가 아니었다면 병연은 영원히 일어나지 못했을지도 모른다. 어제 뒤풀이의 여파가 강하게 남은 연세대 분회 출범 2주년 기념식 하루 전, 병연의 비밀스러운 잠자리였다.

해장

뜨거운 미역국이 위로 흘러들어 갔다. 쌀쌀한 기운에 얼어 있던 장들이 해장하는 소리가 들리는 듯했다. 곧 따뜻한 기운이 가슴으로 흘러들었다. 세현의 생일은 개천절. 휴일인데다 고향을 떠나 혼자 자취를 하고 있어 생일을 못 챙긴 세현이가 분회 사무실에서 생일이 이미 며칠 지난 평일에 때아닌 호사를 누리고 있었다. 상선 씨가 가져온 미역을 경순 씨가 다듬고 옥순 씨가 끓였다. 오늘 저녁에는 살맛 친구들과의 술자리가 있을 터였다. 미리 장을 단련시켜둘 필요가 있었다. 세현은 당당하게 '한 그릇 더'를 외쳤다. 국을 마시는 기세를 보아하니 술자리가 꽤 오래갈 모양이었다. 미역국을 더 내가며 옥순 씨가 말했다. "술자리가 계속 있나 봐?"

그래도 아직

　공대A관 옆구리 쪽 잔디에 앉아 한 학생이 서럽게 울었다. 이제 그럴 일이 다시는 없을 거라고 생각했기에 더 복받친 눈물이었다. 누군가가 따라 울기 시작했다. 둘을 위로 하려고 모여든 조합원과 학생들도 이내 눈시울이 붉어졌다. 한참을 더 울어야 스스로 달래진다는 듯이 우는 둘의 모습을 보다가 몇 명이 돌아섰다. 제각기 아무렇게나 흩어져서 모두 저마다의 생각에 빠져들었다. 조합원들이 하나둘 집으로 가고 남은 이들이 저녁을 먹으러 갈 때 즈음에야 모두가 침착해졌다.

　그날은 원래 유쾌하고 즐거운 날이어야 했다. 『소금꽃나무』라는 책으로 유명한 김진숙 씨가 연세대 분회 조합원들에게 강연하기로 한 날이었다. 바쁜 일정에도 불구하고 김진숙 씨는 연세대의 청소 노동자들을 꼭 한번 보고 싶었다며 시간을 내 부산에서 서울까지 먼길을 올라온 차였다. 연세대의 청소 노동자들은 퇴근 이후에 있는 강연임에도 불구하고 공대A관 6층의 대형 강의실을 가득 메워 이에 화답했다. 김진숙 씨는 담담하다가도 격해지고, 한창 웃게 하다가도 끝내는 사람들을 울려버리고야 마는 특유의 화법으로 자신의 삶과 생각들을 풀어나가고 있었다. 조합원들은 때로는 향수에 젖기도 하고, 때로는 안 됐다며 혀를 끌끌 차기도 하고, 때로는 그게 바로 우리 이야기라며 맞장구를 치기도 하면서 이야기에 흠뻑 빠져들고 있었다. 김진숙 씨와 조합원들이 주고받는 호흡에 맞춰 강의실의 분위기는 오르락내리락하고 있었다.

두 시간으로 예정된 강의였다. 학생회를 통해 학과 사무실을 빌려놓은 참이었다. 그런데 한 시간도 채 되지 않아 사달이 났다. 학과 사무실에서 원래 강의가 있던 강의실을 실수로 잘못 빌려준 것이었다. 강의가 있는 교수와 학생들이 찾아와 강의실 문밖이 소란스러워졌다. 김진숙 씨의 강의 흐름을 끊을 수 없어 급하게 다른 강의실을 구했다. 그리고 그쪽으로 가줄 수 없겠냐고 교수에게 허락을 구했다. 그러나 교수는 냉랭한 어조로 화를 냈다.

"학습권 침해하지 말고 나가세요."

사정을 이야기해보아도 별 소용이 없었다. 결국 교수는 강의실 문을 박차고 들어와 강의 중인 김진숙 씨에게 나가라고 소리를 쳤다. 조합원들이 술렁거렸다. 결국 모두는 강의실 밖으로 나왔다. 인원이 많아 다른 강의실로 갈 수도 없었다. 부산에서 서울까지 온 김진숙 씨와 퇴근 후에 시간을 내어 온 조합원들 모두가 허탈하게 돌아가야 할 판이었다.

학과 사무실에서는 오히려 우리를 탓했다. 학생회 이름으로 빌려 놓고는 왜 노동자들이 썼냐며 화를 냈다. 강의실을 대여할 수 있도록 이름을 빌려준 학생회에는 앞으로 강의실을 대여해주지 않겠다는 으름장도 놓았다.

여운이 채 가시지도 않은 며칠 뒤, 학생회를 통해 강의실을 빌렸던 살맛 학생이 소속된 과의 학과장에게 불려갔다. 학과장은 그 교수가 사과를 요구한다는 이야기를 권위적인 태도로 전했다.

그날, 회의 끝에 우리는 학과장 혹은 그 교수와 어떤 문제도 만들지 않기로 했다. 학과장까지 동원된 마당에 일을 크게 만들면서 그 친구까지 지킬 자신이 없었다.

그 일을 통해 조합원과 학생들 모두가 한 가지 사실을 깨달았다. 이제까지 한 것이 많지만, 앞으로도 해야 할 일들이 더 많이 남아 있다는.

이후 김진숙 씨는 한진중공업의 정리해고를 막기 위해 고공 크레인 위에 올라가 오랜 기간 외롭고 힘든 투쟁을 했다. 한진중공업과 연세대는 묘한 인연을 하나 더 갖고 있다. 한진중공업 청문회에서 사측에 용역깡패를 제공해 한 국회의원에게 질타를 받은 용역업체 장풍HR. 바로 그 업체가 2011년부터 연세대에서 청소용역을 맡게 되었다. 그리고 그들은 복수노조법 시행에 발맞추어 자기네 업체 소속의 청소 노동자들을 불러다 수상한 갈비탕 회식을 진행하고 있다.

이런 일들이 자꾸만 겹쳐 일어나는 것은 순전한 우연일까. 어쩌면 노동자들을 점점 벼랑 끝으로 밀어내고 있는 세상, 상아탑에서 버젓이 이런 업체를 불러다 계약을 하는 세상이 낳은 필연은 아닐까.

필연이든 우연이든 꼭 나쁜 인연만은 아닐 수도 있겠다. 바쁜 일정에도 불구하고 꼭 한번 보고 싶었다며 흔쾌히 강연을 승낙했던 김진숙 씨. 지난해 여름 우리는 한진중공업으로 향하는 희망버스에 하나 둘 몸을 실었다. 별 이유는 없었다. 이번에는 우리가 그녀를 꼭 보고 싶어했을 뿐이었다.

5부. 퇴근 후에

시간을 돌리는 작은 교실

시작 교실의 시작

우리가 처음 휴게실을 방문했을 때의 일이다. 최저임금제나 식대에 대해 설명한 유인물을 만들어 휴게실을 방문했는데 아무도 그걸 보려고 하지 않았다. 그렇다고 관심이 없는 건 아니었다. 살맛 학생들이 하는 설명을 들으며 이것저것 되묻고는 했다. 이야기를 끝내고 나오는데 성희 씨가 슬며시 따라와 귀띔했다. 글자 크기가 문제였다. 20대 눈에는 대문짝만 한 글자였지만 50대, 60대 눈에는 개미 글씨였다. 실패를 되풀이하지 않으려고 다음 날부터는 훨씬 큰 종이에 2배는 큰 글씨로 인쇄해서 다니기 시작했다.

그런데 이번에도 몇몇 노동자들이 글을 읽지 않고 곧장 가방에 넣어 버리는 일이 생겼다. 노력이 좌절되자 학생들은 입이 퉁퉁 불었다. 노동자들은 마음이 퉁퉁 불었다. 왜냐고? 그들 중 대다수는 한글을 읽을 줄 몰랐다. 하얀 건 종이요 까만 건 글씨. 못 배운 것 티 내기가 부끄러워 "나중에 읽어볼게"라는 말로 대충 그 자리를 모면했다. 그런 속사정을 모르고 볼멘소리를 하니 그들의 마음이 퉁퉁 불만도 하다. 고동을 울리며 재촉하는 배의 탑승 티켓에는 온통 우리만 아는 외계어뿐이었으니. 그날 이유도 모르고 읽어보라고 자꾸 권하던 자신의 모습이 떠올라 밤에 이불을 박차고 혼자 창피해한 학생이 한둘이 아니었다.

조합이 설립되고 2년이 지났을 무렵, 누군가 그때의 이야기를 다시 꺼냈다. '한글을 읽고 쓰지 못하는 조합원들에게 세상은 어떻게 보일까?' 하는 질문도 덧대어졌다. 한글이 너무나도 익숙한 우리는 그런 세상을 잘 그려낼 수 없었다. '불편하겠다'라는 막연한 말 언저리에서 맴돌 뿐이었다. 그럼에도 생각만은 계속 번져나갔다. '조합원들에게 다른 불편함은 없을까?' 컴퓨터를 못해 노동조합 업무를 처리할 때마다 낑낑대며 학생들에게 도움을 청하던 옥순 씨의 모습이 떠올랐다. 노동조합을 꾸리고 투쟁하는 것만으로는 사람의 삶이 충분히 바뀌지 않는다는 사실을 깨닫는 순간이었다.

우리는 한글 교실과 컴퓨터 교실을 만들기로 마음을 먹었다. 일이 진행되기 시작했다. 살맛 학생들은 다시 한 번 대대적으로 휴게실을 돌았다. 수요 조사를 진행하고 수업 신청서를 돌렸다. 의외로 수요가 많았는데 그에 비해 일손이 모자랐다. 홍보 전단을 만들어 지역 주민과 학생들을 대상으로 교사를 모집했다. 한글을 읽고 쓸 줄 알고 컴퓨터를 다룰 줄 알면, 그러니까 거의 누구든 상관없었다. 그렇게 연세대 분회와 연대하는 또 다른 모임이 탄생했다.

시간을 돌리는 작은 교실. 줄여서 '시작 교실'.

돌이켜 보면 조합원들의 삶을 바꾸자고 시작한 이 일이 종국에는 학생들의 삶을 변화시켰다.

한글 교실 −용기, 놀라움

노동조합 얘기를 꺼낼까 말까 망설이던 처음과는 달리, 우리는 당당하게 한글 교실 지원 명부를 꺼냈다. 하지만 생각처럼 쉽지 않았다. 사람이 모이지 않았다. 한글을 모르는 조합원들이 건물마다 몇 명씩은 있을 텐데, 그들은 교실 밖을 서성거릴 뿐 좀처럼 안으로 들어오려 하지를 않았다. 조합원들에게는 한글을 배우는 것보다 한글을 모른다는 사실을 드러내는 일이 더 큰 일이었다.

그래도 설득은 계속됐다. 둘씩 셋씩 짝을 지어 다시 한 번 점심시간마다 휴게실을 방문했다. 먼저 조합원들의 마음속 빗장을 치워야 했다. "개인이 못나서 한글 못 배우신 게 아니잖아요. 원래 사회에서 학교 교육으로 책임져줘야 할 부분인데 국가가 못 한 거죠." 조합원들 사이에서 "맞아, 맞아, 우리도 다 알지." 하는 말이 퍼져 나갔다. 다 알면서도 꼭 내 잘못인 것만 같아 부끄럽다는 고백도 이어졌다. 이제는 꿈을 불어넣을 차례였다. "한글을 배우면 세상이 완전히 달라 보일 거예요. 간판의 글씨들도 보이고 책도 읽을 수 있고 편지도 쓸 수 있고."

어느 날, 김길자 조합원과 임꽃분 조합원이 용기를 냈다. "나 한글 배우겠소." 당당하게 선언하며 문을 박차고 들어왔다. 교실 문이 활짝 열렸다. 그 뒤를 따라 "그럼 나도." 하며 동기생들이 속속 합류했다. 열 명 남짓의 조합원들이 모였다. 한글 교실은 어렵게 첫 수업을 시작했다.

첫 수업이니 조합원들의 긴장도 풀 겸, 우리들의 궁금증도 풀 겸 한글을 배우면 가장 먼저 하고 싶은 일이 뭐냐고 물었다. 은행에 가고 싶다는 대답이 제일 많았다. 평생을 노동하며 살았는데 한글을 몰라 통장 관리를 남편이나 아들이 대신했던 게 조합원들의 한이었다. 두 번째로 많은 대답은 지하철이나 버스를 타고 싶다는 것이었다. 글을 모르니 버스나 지하철을 타면 돌아오지 못할까 두렵고 어쩌다 타야 할 일이 있으면 안절부절못했다. 한 정거장 지날 때마다 기사나 학생들한테 자꾸 묻게 되니 민망할뿐더러 혹여 내릴 정거장을 놓칠까 노심초사했다. 상상도 못한 대답들이었다. 이후에도 교실에서는 생각지도 않았던 상황들이 시시때때로 학생들의 뒤통수를 때렸다.

첫 시간, '무엇을 어떻게 가르쳐 드려야 할까?' 고민하던 세현이가 공책에 크게 ㄱ 자를 썼다. 그런데 연필이 김길자 조합원의 손에 좀처럼 정착하지 못하고 미끄덩댔다. 아차, 세현이는 연필을 우습게 봤다. 처음 한글을 배우는 김길자 조합원에게 연필은 낯선 물건이었다. 이마를 탁 친 세현. 연필 잡는 법부터 다시 차근차근 시작한다.

용락이 'ㅂ'을 가르치던 중에 일어난 일이다. 처음 한글을 배우는 조합원들은 자음과 모음에 익숙하지 않았다. 'ㅂ'을 가르치기 위해서는 'ㅂ'이 들어간 단어를 먼저 가르쳐야 했다. 이리저리 머리를 굴리던 용락. 청소 일을 하는 조합원이니 '버리다'라는 단어를 통해 알려주기로 마음먹었다. 껌종이를 바닥에 떨어뜨리며 득의양양한 표정으로 물었다. "이걸 보면 무슨 단어가 생각나세요?" 조금 망설이다가 임꽃분 조합원이 대답했다. "주워야지." 용락은 멍하니 자리에 앉아 한동안 말을 잇지 못했다.

대훈이는 'ㅜ'를 가르치다 '두부'를 예로 들었다. 그러자 김순옥 조합원이 장 보는 이야기를 하기 시작했다. 자기는 평생 파나 두부가 생긴 모양을 보며 그것들을 샀다는 이야기였다. 평생 두부를 사고 요리하고 먹었는데 그 두부가 글자로는 '두부'라고 생긴 줄을 몰랐다며 신기해했다. 김순옥 조합원은 신기하다며 웃는데 대훈이는 웃지도 울지도 못했다.

수업시간에 유독 손자 이야기를 많이 꺼내는 김순옥 조합원을 가르치던 나영이는 꾀를 하나 냈다. "어린이날에는 손자한테 편지 한 통 쓰셔야죠?", "에이, 이제 막 배우는데 편지는 무슨 편지야?" 처음에는 손사래를 치더니 어린이날이 되기 며칠 전 손자에게 보낼 편지 한 장을 뚝딱 써 왔다. 맞춤법과 띄어쓰기를 고쳐주는 내내 나영이의 입에서는 함박웃음이 떠날 줄 몰랐다.

이점례 조합원은 한글을 배우기 시작한 지 1년여 만에 시를 쓰기 시작했다. 이점례 조합원이 쓴 시를 보고 학생들은 모두 입을 다물지 못했다. 처음 한글을 배운 사람이 쓴 시라고는 도저히 믿을 수 없었다. 놀라운 감정이 지나가자 묵직한 고민이 그 자리를 대신했다. 60여 년 동안 국가도 사회도 이점례 조합원의 가능성을 열어주지 못했다. 바로 지금 이 순간에도 또 다른 점례 씨가 교육에서 밀려나 자신의 재능을 알지 못한 채 살고 있을 것이었다.

2년이 흐른 지금 대부분의 조합원은 한글 낱자를 다 뗴었다. 겹받침이나 정확한 띄어쓰기는 아직도 어렵지만 이제 더 이상 버스나 지하철을 탈 때 두려움에 떨지 않는다. 통장관리를 직접 한다는 조합원들도 생겼다. 덩달아 남편에게 큰소리도 친다고 한다. 편지를 써오는 일도 더는 놀랍지 않다. 그사이 조합원들의 마음속에는 또 한 송이 장미꽃이 피어나고 있었다.

컴퓨터 교실 –열망, 유쾌함

한글 교실에 발맞추어 컴퓨터 교실도 문을 열었다. 한글 교실과는 달리 컴퓨터 교실은 처음부터 신청자가 폭주했다. 조합원들이 너도나도 배우겠다고 컴퓨터 앞에 앉으려는 통에 백양관 지하 컴퓨터실이 미어터질 지경이었다. 서른 대가 넘는 컴퓨터 앞에 조합원들이 꽉 들어찼다. 우리는 컴퓨터 교실에 자리가 있냐고 물어오는 조합원 몇몇을 미안한 얼굴로 돌려보내야만 했다.

더 큰 컴퓨터실이 필요했다. 하지만 쓰는 사람이 거의 없어 대부분의 시간에 텅텅 비어 있는 지금의 교실을 얻는 데에도 어려움이 많았다. 조합원과 학생들이 담당 학교부서에 찾아가 일주일에 두 번, 두 시간 정도만 컴퓨터실을 빌려달라고 하면, 담당자는 얼굴을 찌푸리며 손사래를 쳤다. "학생들만 사용할 수 있어요. 당신들은 외부인이기 때문에 안 됩니다." 외부인. 지겹도록 들어온 소리였다. 학교가 보기에 청소노동자들은 언제나 외부인이었다. 조합원 교육을 위해 강의실을 빌릴 때면 학생들의 이름으로 빌려야 했다. 혹여라도 들키는 날이면 대뜸 따지는 말부터 돌아왔다. 노동조합의 사무를 볼 공간을 마련할 때에도 용역업체와 이야기하라는 학교 측의 대응에 한참 동안을 속상해하며 발만 동동 굴러야 했다. 결국 몇 번 큰소리가 오가고 나서야 일주일에 한 번 겨우 컴퓨터실을 빌려 쓸 수 있게 됐다.

한 학생이 주 교사가 되어 커다란 스크린 앞에서 수업을 진행했다. 나머지 학생들은 보조 교사가 되어 조합원들 사이사이에 고르게 퍼져 배치됐다. 첫 수업시간에는 몸풀기 삼아 모니터, 마우스, 키보드 등 컴퓨터의 명칭부터 가르쳤다. 조합원들은 영어 이름이 입에 잘 붙지 않는 모양이었다. 우리는 "다음 시간에도, 그 다음 시간에도 복습할 거니까 걱정하지 마세요"라며 조합원들을 안심시켰다. 컴퓨터를 켜고 끄는 법도 가르쳤다. "천천히 또 하고 또 할 거예요. 걱정하지 마세요. 다 할 수 있어요." 이 말은 우리가 수업시간 내내 밥 먹듯이 하는 말이 되었다.

두 번째 시간에는 서로 친해지는 기회도 가질 겸, 마니또 게임을 했다. 종이마다 조합원들 각각의 이름과 근무하는 건물, 전화번호를 적고 제비뽑기를 했다. "자, 앞으로 2주 동안 여러분이 뽑은 종이에 적혀 있는 사람에게 아무도 모르게, 천사처럼 잘 해주시면 되는 거예요." 2주 동안 어떤 조합원은 익명의 번호로 '오늘도 힘내세요 파이팅'이라는 문자를 받았고, 심지어 '사랑해요'라는 닭살문자를 받은 조합원도 있었다. 수업을 듣기 위해 자기 자리에 앉으면 난데없이 커피가 올려져 있기도 했다. 마니또 게임이 뭔지도 몰랐던 조합원들은 점점 자신의 마니또가 누구인지 궁금해하기 시작했다.

2주가 지났다. 개봉박두. 마니또 발표는 릴레이로 진행되었다. 조합원들이 한 사람씩 자리에서 일어나 "저는 ○○○조합원의 마니또입니다"라고 말하면 지명된 조합원이 일어나 서로를 확인하고, 다시 그 조합원이 자신은 누구의 마니또인지를 밝히는 식이었다. 조합원들은 이상하리만큼 부끄러워했다. 서로 확인할 때마다 얼굴이 빨개지고 몸까지 배배 꼬았다. 더 재미있는 일이 일어났다. 이남복 조합원이 자리에서 일어나 "저는 박말자 조합원의 마니또입니다." 하는 순간, 박말자 조합원이 수줍어하며 두 팔을 머리 위로 크게 올려 하트를 만들었다. 이남복 조합원도 하트를 만들어 화답했다. 다른 조합원들이 깔깔 웃으며 박수를 쳤다. 이때부터 하트의 물결이 이어졌다. 30명이 넘는 조합원들이 자신의 마니또에게 끊임없이 하트를 만들어 보냈다. 마니또 게임을 이렇게 수줍고도 재미있게 하는 장면을 우리는 그때 처음 보았다.

수업시간은 종종 시장 통을 연상시켰다. "자 모두 여길 보세요. 이걸 클릭하시면 이런 게 나타나요. 한번 해보세요." 주 교사인 학생의 설명이 끝남과 동시에 조합원들이 일제히 웅성웅성 거리기 시작했다. "뭐라고? 어떻게 하는 거라고?" "이렇게 하는 거 맞아?" 컴퓨터실은 순식간에 도떼기시장이 되었다. 그럴 때면 보조 교사들이 여기저기 뛰어다니며 조합원들의 질문에 답하느라 바빠졌다. 수업이 끝나면 주 교사를 맡은 학생은 목이 다 쉬어 있곤 했다.

한번은 수업시간에 마우스를 드래그해서 얼굴에 눈, 코, 입을 갖다 붙이는 게임을 했다. 조합원들은 일부러 이상한 얼굴을 만들어놓고는 보고 또 보면서 깔깔깔 웃음을 터뜨렸다. 특히 최말순 조합원이 만든 얼굴이 가관이었다. 눈도 삐뚤 코도 삐뚤 입은 부루퉁하고 머리에는 험상궂은 도깨비 뿔까지 달려 있었다. 땍땍거리는 소장을 닮았다며 깔깔 웃는 말순 씨의 모습에 우리도 마냥 웃었다. 조합원들이 그저 드래그 연습용이었던 '얼굴 만들기'를 그렇게 재미있게 할 줄도 우리는 미처 몰랐다. 그 모습이 20대인 우리보다 더 젊고 아이 같아, 마음이 벅차오르곤 했다.

컴퓨터 교실 반장 선거 날. 평소 말 잘하고 재기 발랄해서 분위기를 잘 이끄는 성희 씨가 몰표를 받아 반장으로 선출되었다. "조합원들이 합심해서 우리 선생님들 잘 도와주고 즐거운 컴퓨터 교실을 만들어갑시다." 앞에 나와 당선 인사를 하는 모습이 씩씩하고 당찼다. 말을 잘하고 성격이 싹싹해서 어릴 적부터 사람들에게 예쁨을 많이 받았다는, 하는 장사마다 다 잘되곤 했다는 우리의 성희 씨. 특유의 재치와 리더십으로 컴퓨터 교실의 반장 역할을 톡톡히 해내고 있다.

조합원들은 컴퓨터의 명칭부터 시작해서 컴퓨터를 켜고 끄는 법, 마우스 잡는 법, 클릭하는 법까지 하나하나 차근차근 배워갔다. 컴퓨터라는 명칭도 낯설어했던 조합원들이 인터넷 검색을 할 수 있게 되기까지는 그리 오랜 시간이 걸리지 않았다. 아들에게 사준 적은 있어도 자신과는 전혀 상관이 없는 물건이었다는 컴퓨터는 이제 조합원들 전용이 될 기세다.

교실 밖의 풍경

소풍 – 설렘, 쑥스러움

두 교실이 연합해서 소풍을 간 적이 있었다. 2009년 5월 초였다. 선유도를 걸어 넘어, 한강 둔치에 자리를 잡았다. 봄인데도 불구하고 강바람이 겨울 기운을 품고 있었다.

생각보다는 쌀쌀한 날씨였지만, 자리를 잡고 앉자 금세 화기가 돌았다. 둘러앉은 순서대로 자기소개를 하고 팀을 나눠 게임을 진행했다. 가족오락관을 흉내 낸 '몸으로 말해요'와 추억의 게임 '수건돌리기'였다.

아직은 서로 서먹한데 게임까지 쑥스럽기 짝이 없는 것들이라 처음에는 좀 어색했다. 하지만 그 분위기도 금방 변했다. 서로 자기 팀을 응원하다 보니, 경쟁심이 슬그머니 고개를 내밀었다. 수건돌리기를 할 때

즈음에는 잘못하는 팀원을 면박하는 말까지 나왔다.

게임이 끝나자 막걸리를 한 잔씩 걸쳤다. 처음에는 금주지역인지도 모르고 선유도에 갔다가 이걸 마시려고 다리까지 건넌 참이었다. 한 학생이 사 온 과자들을 안주로 내놓자, 좀 전 게임에서 상대편이었던 조합원이 짐짓 코웃음을 치며 보따리를 풀었다. 집에서 직접 만들어온 다양한 김밥이 삼단 도시락을 가득 채우고 있었다. 이 순간을 위해 소풍날을 손꼽아 기다렸다!

그러는 동안 5월의 짧은 해는 금방 저물어버렸다. 퇴근 후에 온 소풍이라 선유도에 도착했을 때는 벌써 5시가 다 되어 있었다. 못내 아쉬웠다. 자리를 정리하고 헤어지려는데 조합원들이 학생들 앞에 섰다. 그리고 누구도 예상하지 못한 노래를 불렀다.

"스승의 은혜는 하늘 같아서~."

어둑해진 하늘이 서로의 표정을 가려주지 않았다면 웃음이나 울음 둘 중 하나를 주체할 수 없었을지도 모른다.

단체 소풍 사진을 찍고 각자의 집으로 흩어지는 버스 안에서 피곤함에 지친 사람들이 하나 둘 곯아떨어졌다. 부끄러우니까 꿈자리에서 무슨 꿈을 꿨는지는 비밀이다.

졸업식 — 벅참, 안도

처음 시작 교실을 연지도 2년이 흐른 2011년 2월. 시작 교실은 첫 졸업식을 열었다. 졸업식이 끝난다고 수업까지 끝나는 것은 아니었으니 사실 수료식이었다. 그러나 우리는 졸업식이라는 말을 고집했다. 2년 동안 열심히 공부한 조합원들에게 꼭 한 번 졸업장을 안겨주고 싶어서였다. 이날 졸업장을 받은 사람이 조합원들만은 아니었다.

시작 교실에서 조합원과 학생들은 이전과는 전혀 다른 방식으로 관계를 맺었다. 그것은 단순히 선생과 학생이라는 말로 표현할 수 있는

사실상 수료의 형식이었지만 우리는 꼭 '졸업식'이라 부르고 싶었다. 2년간 시작 교실의 학생들은 젊은 교사들에게 배웠고, 교사들은 학생들에게 배웠다.

관계가 아니었다. 시작 교실에서 교사 일을 하는 학생들이 조합원들에게 '가, 갸, 거, 겨' 혹은 '파일을 더블클릭하면 실행된다.' 하는 식의 지식을 전달한 것은 사실이다. 그러나 그것이 전부는 아니었다. 수업 사이사이에, 혹은 수업을 진행하는 바로 그 과정에서 조합원과 학생들은 서로 삶을 나눴다. 조합원도 학생도 이전과는 조금 다른 의미에서 서로 이해할 수 있게 되었다. 특히 시작 교실을 통해 조합원과 처음 만난 학생들의 변화가 눈부셨다.

2년 전 시작 교실의 교사들이 첫 모임을 하던 날. 비정규직 이야기를 꺼내는 살맛 학생들에게 자신은 그냥 봉사활동을 하러 왔다던 성우는 요즈음 연세대 분회 집회마다 나와 열심히 사진을 찍고 있다. 또 다른 학생 하림이는 연세대 파업 때 발언대에 올라가 "삶을 변화시키는 연대를 하고 싶다"라는 말을 꺼내 그녀를 보아온 모두에게 잔잔한 행복감을 안겨주기도 했다. 그렇게 서로가 서로의 삶을 변화시켰으니, 시작 교실 안에서는 선생이 학생이고 학생이 선생이었다. 그러니 그날은 교사 일을 하던 학생들도 마음속에 보이지 않는 졸업장 하나씩을 받아든 셈이었다.

졸업장을 받았다고 조합원들이 수업을 끝마친 것이 아니듯 졸업장을 받았다고 학생들의 연대가 끝난 것도 아니었다. 이후 연세대 분회의 투쟁에서 시작 교실의 교사 일을 했던 학생들은 중요한 역할을 하게 된다.

춤과 장단이 있는 오후

빗자루 대신 장구채를

　수요일이다. 박자옥 조합원은 일을 마치고 아이처럼 들뜬 마음으로 노조 사무실에 들어선다. 노조 사무실 한켠에 북이며 장구, 꽹과리가 일 나간 엄마를 기다리는 아이마냥 빤한 얼굴로 자옥 씨의 손길을 기다린다. 매주 수요일은 노조 사무실에서 풍물패 소모임이 있는 날, 일이 끝나자마자 부리나케 집으로 달려가 설거지를 하기 위해 거칠거칠한 수세미를 잡는 대신 미끈한 장구채를 잡는 날, 고된 청소 노동과 가사 노동에서 해방되어 잠시나마 풍물 장단에 몸을 맡기는 날, 자옥 씨가 일주일 중 가장 기다리는 날이다.

　매주 수요일이 되면 백양로 언덕배기 노천극장 뒤편의 작달막한 노조 사무실에서 십여 명의 조합원들이 청소복을 벗고 풍물꾼으로 변신

한다. 조합원들이 각자 북, 장구, 꽹과리 등을 들고 노조 사무실에 동그랗게 모여 앉으면 풍물 장단의 흥겨운 유희가 시작된다. 풍물패 선생님은 신촌에서 작은 문화공간을 운영하는 오상환 씨다. 풍물패가 처음 만들어졌을 때는 한진택 학생이 풍물 선생으로 함께했었다. 그러나 그는 곧 정든 꽹과리를 내려놓고 군대에 가야 했다. 그 빈자리를 연세대 분회와 간간이 인연을 이어오고 있던 상환 씨가 채워주었다.

자옥 씨는 장구재비이다. 처음 올 때는 오른손에 든 건 그저 나무막대기요, 왼손은 우는 아이 엉덩이 때리는 손마냥 제멋대로 움직였지만, 이제는 장구 실력이 수준급이다. "땅도 땅도 내 땅이다. 조선 땅도 내 땅이다"를 합창하며 다 같이 신 나게 삼채장단을 칠 때면 비록 연희동 15평 주택에 세 들어 사는 자옥 씨이지만 정말 조선 땅이 다 내 땅이라도 된 듯 마음이 부풀어 오른다. 풍물 장단에 분위기가 얼추 무르익으면 이번에는 일 얘기, 자식들 얘기를 안주 삼아 막걸릿잔이 오고 간다.

풍물패는 최고의 단합을 자랑한다. 흥겨운 가락이 사람들 사이의 관계도 더 돈독하게 만들어 주나 보다. 일하는 건물에 상관없이 서로 친하고 노조활동에도 적극적이다. 실력도 수준급이다. 나이 든 청소부들의 오합지졸 외인군단처럼 보인다고 무시하면 곤란하다. 이래 봬도 이런저런 집회에 나가서 공연도 많이 하는 프로다. 작년에는 혜화동 마로니에공원에서 열린 청소 노동자대회의 대미를 장식하기도 했다.

빗자루만 들려 있던 조합원들의 손에는 이제 장구채가 들려 있기도 꽹과리가 들려 있기도 한다.

자옥 씨, 풍물 장단에 몸을 실어 문득 지난날을 떠올려본다. 항상 소장의 눈치를 보며 몸을 움츠렸었다. 빗자루질도 조심스럽게 해야 했던 날들이 막걸릿잔 사이사이로 주마등처럼 스쳐 지나간다. 노조가 생기기 전에는 꿈도 못 꿀 일이었다. 빗자루 대신 장구채를 잡는다는 건. 북소리 장구 소리가 바람을 타고 노천극장 밖으로 훨훨 날아간다. 이 장단이 학생들 강의실에도 굳게 닫힌 총장실에도 가닿았으면 좋겠다.

노래 자랑 대상을 향해

연세대학교 공학원 앞 공터에서 진풍경이 펼쳐졌다. 청소 노동자들의 집회가 한창 진행되던 중, 공학원에서 일하는 조합원 대여섯 명이 갑자기 무대에 오르더니 음악에 맞춰 현란하게 몸을 흔들었다. "저게 뭐야." 연세대 분회에 관련된 일이라면 웬만한 건 다 알고 있는 편이라고 생각하고 있던 우리는 눈앞에서 펼쳐지는 듣도 보도 못한 광경에 눈이 휘둥그레졌다. 영문을 모르겠다는 표정으로 서로 쳐다보며 어깨를 으쓱거리기만 했다.

공학원에서 일하는 오성미 조합원은 그런 우리들의 마음을 아는지 모르는지 춤추는 데 온통 정신이 팔려 있다. 음악에 맞추어 다리를 굽혔다 폈다, 팔을 접었다 휘둘렀다 하면서 배운 대로 '나비 같은' 몸놀림을 하려고 하지만, 혹시라도 동작을 틀리지는 않을까 하는 생각에 오히려 몸이 더 뻣뻣해지고 만다.

공학원의 성미 씨와 동료들은 얼마 전 에어로빅 소모임을 결성했다. 공학원에서 같이 일하는 심순 씨가 난데없이 에어로빅을 가르쳐주겠다며 옆구리를 쿡쿡 찔렀다. 자기가 요즘 동네에서 에어로빅을 배우고 있는데 살도 빠지고 스트레스 푸는 데에도 그만이라고, 이래 봬도 소싯적엔 춤판을 휘젓고 다니던 몸이니 믿고 맡겨보라고 했다. 봄바람이 살랑 불어와 성미 씨의 마음에도 춤바람이 들던 차였다.

서울역 앞에서 열린 '청소 노동자 노래자랑'. 노래는 기본이고 그간 연습한 에어로빅까지 가미된 무대였다.

성미 씨와 동료들은 휴게시간마다 음악에 맞추어 신나게 몸을 흔들기 시작했다. 보기보다 쉽지 않았다. 마음은 이팔청춘인데 몸은 빠른 박자를 부랴부랴 따라가다가 놓치기 일쑤였다. "손 올리고~ 왼쪽으로~ 흔들고~" 앞에서 에어로빅을 가르치는 심순 씨의 도도한 자태는 전문 에어로빅 강사 못지않았다. 에어로빅이라는 게 얼핏 쓸고 닦는 노동보다 더 힘들 법도 한데, 신나게 몸을 흔들고 나면 오히려 힘이 더 솟는 것 같았다. 중간중간 쉬는 시간에도 잠시 빗자루를 옆에 치워놓고 배운 동작을 되풀이해보곤 했다. 때마침 지나가던 소장이 흘끗 곁눈질이라

도 하면, 성미 씨는 일부러 그러는 듯이 더 격하게 몸을 흔들어댔다. '내 휴게시간에 내가 뭘 하든!'

예전 같았으면 휴게시간에 에어로빅을 한다는 건 상상도 못할 일이었다. 말만 휴게시간이지 소장이 부르면 째깍 달려 나와 일해야 했다. 노동조합이 생기고 크고 작은 투쟁에서 연이어 승리하면서 조합원들의 힘은 강해졌다. 조합원들이 힘을 합해 악독한 소장을 갈아 치운 경험도 있었다. 투쟁으로 강해진 힘은 일상에서도 나타났다. 조합원들은 이제 누구의 눈치도 보지 않고 자신들만의 휴게시간을 누리게 되었다.

조합원들은 노동의 시간이 인간다워야 하는 것과 마찬가지로 쉴 시간, 배울 시간, 놀 시간, 춤출 시간 등 노동 외의 시간도 인간다워야 한다는 것을 깨달아가고 있었다. 이제는 삶을 변화시킬 몸짓을 스스로 만들어내고 있었다. 어느새 학생들의 도움 없이 에어로빅 모임을 만들어 활동하고 있는 것이었다. 우리도 모르게.

얼마 후에는 서울역 앞에서 청소 노동자 노래자랑이 있을 것이다. 그땐 지금보다 더 잘해야지, 하고 공연을 마친 성미 씨와 동료들이 각오를 다진다.

6부. 장미꽃 연대

세 개의 천막, 세 마디의 말

상암벌의 천막

성신여대를 시작으로 연세대 분회가 막 학교 밖으로 나가기 시작했을 무렵에 가장 자주 찾던 곳은 상암벌, 월드컵경기장이었다. 학교 안팎에서 여러 사안을 가지고 투쟁을 했다고는 하지만, 어떤 의미에서 그것들은 전부 자신에게 닥친 문제를 해결하기 위한 행동이었다. 아직 자신과 직접적으로 상관이 없어 보이는 문제에도 적극적으로 참여해야 한다고 생각하는 조합원들은 그렇게 많지 않았다. 그보다는 노동조합 활동이니까 당연히, 혹은 어쩔 수 없이 참가해야 한다고 생각하는 사람들이 아직은 더 많을 때였다.

그래서 이랜드로 향하는 연세대 분회 조합원들은 그렇게 많지 않았다. 한 번 간 사람이 늘 가는 것도 아니어서 갈 때마다 구성원도 바뀌곤 했다. 그래도 매번 함께 상암으로 가는 우리는 완만하지만 조금씩 조합원들의 숫자가 늘고 있음을 느끼고는 했다. 띄엄띄엄 이랜드로 향하는 와중에도 조합원들은 계속 새로운 일들을 겪었다. 그 과정에서 조합원들은 성장했다. 아마 그 성장이 점차 조합원들이 불어나는 가장 큰 이유였을 것이다. 다른 이유가 더 있다면, 아마도 그곳이 이랜드였기 때문일 것이다. 조합원들은 출범식 때 눈물을 흘렸던 황선영 씨를 기억하고 있었다. 자기 눈에는 고생길이 훤히 보였던 언니들의 미래에 마음 아파하던 황선영 씨. 그녀는 연세대 분회가 출범하고 반년이 지나도 여전히 상암벌에 천막을 치고 있었다.

처음 조합원들이 상암에 갔을 때만 하더라도 아직 그곳에는 투쟁의 뜨거운 기운이 살아 넘실거리고 있었다. 매주 정기적으로 열리는 문화제에서는 여기저기서 모인 사람들이 환한 표정으로 즐거운 노래를 부르곤 했다. 그러면 한창 투쟁 중이었고, 그 투쟁을 잔잔하지만 지속적인 승리로 이끌고 있던 연세대 분회의 조합원들이 마이크를 잡고 승리의 소식을 전하기도 했다. 거기에 곁들이는 말들은 늘 학생들을 놀라게 했었다.

"어디를 가나 꼭 똑같은 인간들이 있어요. 하지만 연세대가 그랬듯이 이랜드 그룹도 결국은 버티지 못할 것입니다!"

하지만 그 즐거운 열기도 1년이 지나고 2년이 지나도록 온기를 남기지는 못했다. 이랜드 그룹은 홈에버를 매각하는 한이 있더라도 노동조합과 타협하지는 않겠다는 자세로 나왔다. 시간이 흐르면서 조금씩 연세대 분회 조합원들이 늘어나는 상암벌에서 막상 원래 그곳을 지키던 사람들은 점차 사라져 가고 있었다.

이랜드 그룹은 결국 홈에버를 매각했다. 그 과정에서 아직 남아 투쟁하던 조합원들이 홈에버를 인수한 홈플러스에 고용되는 형식으로 투쟁을 정리하게 됐다. 패배라고 부를 수는 없지만 좋은 결과라고 보기도 힘들었다.

길고 긴 투쟁을 마무리하는 마지막 문화제. 깜깜한 밤하늘에는 별빛이 총총했다. 이랜드 노동조합의 조합원들은 밝은 모습으로 문화제를 찾은 사람들을 맞이하려고 애를 쓰고 있었다. 연세대 조합원들도 자리를 잡았다. 일부러 선곡된 듯한 즐거운 노래들만이 무대로 올라왔다. 모든 무대가 끝나고 조합원들이 차례로 마이크를 잡았다. 이경옥 부위원장이 감사의 인사를 전하다 결국 왈칵 눈물을 쏟았다. 참아왔던 눈물이 여기저기서 터져 나왔다. 연세대 조합원들과 학생들도 붉어진 눈을 들어 하늘을 올려다보고 있었다. 상암벌에 있는 사람들의 눈가로 별빛이 흐르는 밤이었다.

캠퍼스에 펼쳐진 천막

연세대 청소 노동자들을 이랜드 노동자들의 후배라고 표현할 수 있다면 아마 명지대 노동자들에게는 연세대 조합원들이 선배라고 불릴 수 있을 것이다. 2008년 12월 2일 명지대에서 비정규직 노동자들의 노동조합이 결성됐다. 원래 교직원들과 함께 일하던 사람들이었다. 그분들과 다른 교직원들은 겉으로나 하는 일로나 전혀 구별되지 않았다. 단지 계약서만이 그녀들을 특별하게 만들었다. 그녀들은 조교로 계약된 비정규직 노동자였다.

학교 측이 행정조교로 불리던 그녀들에게 2009년 2월 부로 계약을 해지한다는 통고를 했다. 비정규직보호법에 따른 정규직 전환을 피하기 위해서였다. 그 자리를 다른 인력으로 대체할 생각이었다. 행정조교 중 일부가 항의했다가 비인간적인 모욕을 받고 결국 노동조합의 문을 두드렸다. 그게 시작이었다.

직종은 달랐지만 아픔은 같았다. 게다가 자기가 지나온 길을 뒤따라오는 것처럼 보였다. 그 발길이 위태위태해서 조마조마했다. 연세대 분회의 조합원들이 명지대를 유독 자주 찾았던 이유를 우리는 그렇게 짐작해 본다.

명지대와 연세대가 가깝고 명지대 근방에 주거지가 많았기 때문에 그 근처에 살고 있던 연세대 분회 조합원들도 많았다. 그 덕분에 즐거운 일이 생겼다. 살맛 학생들이 밤늦게 열리는 명지대 집회에 외롭게 서성거리다가, 집에서 집회 소리를 듣고 명지대로 나온 연세대 조합원들을 만나는 일이 그것이었다. 늦은 시간에 의외의 장소에서 이루어진 '필연'적인 만남이 서로 웃게 만들었다. 어쩐 일이냐 물으면 조합원은 수줍게 대답하고는 했다.

"그냥, 집이 가까워서. 소리가 들리길래 마실 삼아 나왔어."

그 말을 그대로 믿는 학생들은 거의 없었다.

명지대 행정조교들의 투쟁은 명지대 학생회관 앞에 해고된 노동자들이 천막을 치고 살기 시작한 지 200일도 더 지난, 그해 겨울에야 끝이 났다. 천막에 남아 있던 사람들은 복직에 합의했다. 그러나 복직 예정일은 2년 후였다. 비정규직보호법의 적용을 피하고자 명지대는 2년 동안 일하지도 않을 노동자들에게 임금을 주겠다는 결정을 내렸다. 그것은 호의가 아니었다. 복직 이후 2년이 지나면 다시 해고하겠다는 의지의 표현이었다.

명지대 행정조교들의 마지막 집회. 행정조교들과 명지대, 연세대 학생들 그리고 이 투쟁을 지지하는 사람들이 두런두런 앉아 이야기를 나누고 있었다. 그날은 공연도 앰프도 없는 집회가 늦게까지 진행됐다. 귀가 밝아 안 들리는 소리까지 잡아내는 연세대 분회 조합원 진예 씨는 그날도 살살 마실을 왔다.

부서진 천막

2008년 성탄절에 예수가 살아 있었다면 그는 집회에 참석하는 것으로 자신의 생일을 맞이하게 됐을지도 모른다. 그해 겨울 강남. 카톨릭 재단이 운영하는 성모병원. 그곳에서는 해고된 파견직 노동자들이 로비를 점거했다가 신부의 지시를 받은 용역깡패들에 의해 쫓겨나는 소동이 벌써 몇 차례나 반복되고 있었다. 해고된 여성들은 곧 정규직으로 전환될 꿈에 부풀어 있던 간호보조 노동자들이었다.

그 전년도 겨울, 현장 소장을 거꾸러트리며 연세대학교에서 파란을 일으킨 노동자 순심 씨는 독실한 신자였다. 그래서였는지 학생들에게 성모병원 이야기를 전해 들은 그녀는 늦은 시간, 먼 길에 아랑곳하지 않고 강남으로 향했다.

2007년 겨울에 본관 앞에서 사시나무처럼 떨던 순심 씨는 그즈음, 학생들에게 대범한 여자로 통하고 있었다. 학생들을 꼭 '자네'라고 부르고, 만나면 늘 악수를 청하는 그녀는 2008년 봄이 오고부터는 한 번도 떤 적이 없다. 그녀는 투쟁 때면 제일 먼저 마이크를 잡고 동료를 격려하고는 했다.

병원에 도착한 순심 씨는 학생들과 함께 나란히 둘러앉아, 마리아의 품에서 팽개쳐진 젊은 여성들과 이야기를 나눴다. 순심 씨 딸 또래 아가씨들이었다. 딸 또래지만 동료라고 불러야 할 노동자들이 거기서 거

센 싸움을 하고 있었다. 대범한 순심 씨는 울거나 슬퍼하지 않았다. 대신 그녀는 부들부들 떨었다. 다시는 떨지 않을 것 같던 굳건한 순심 씨가 분노에 흔들리는 모습이 사람들의 가슴을 아프게 했다.

그날 스스로 했던 말을 순심 씨가 기억하고 있을는지 모르겠다. 잊었을 수도 있다. 아니면 그녀가 그 뒤로 연세대 분회의 조합원으로서 겪은 일들이 그보다 덜하지 않았으니, 그녀에게 그날은 그저 유독 분노에 차서 마이크를 잡고 떠들었던 날 정도로 기억될 수도 있겠다. 하지만, 함께 자리에 있었던 학생들은 아직도 그녀의 말을 똑똑히 기억한다. 어떻게 그 말을 잊을까. 그녀가 병원을 향해 손가락질하며 내질렀던 이야기를.

"저들이 믿는 신과 내가 믿는 신은 다른 신이다."

8명의 해고 노동자들이 복직하기로 합의하기까지는 아직도 반년이 더 남아 있는 시점의 어느 날, 강남성모병원이었다.

세 개 의 천 막 , 세 마 디 의 말

우리, 청소·경비 '노동자'들과 함께

벼룩 반란

성신여대의 청소 노동자 김복자씨는 자신의 두 눈을 의심했다. 벼룩시장을 뒤적거리다 하단에서 이상한 구인광고를 발견한 것이었다. 자신이 일하고 있는 성신여대에서 청소업무 할 사람을 뽑는다는 광고였다. 게다가 뽑는 숫자가 마침 일하고 있던 사람들의 수와 일치했다. 복자 씨와 동료가 성신여대에서 버젓이 일하고 있는데 새로 사람을 뽑는다는 게 말이 안 되었다. 벼룩시장 광고는 사실상의 해고통보였다. 학교가 서슬 퍼런 칼날을 목전에 들이대고 있었는데도 아무것도 모르고 당할 뻔했다. 등골이 서늘했다.

복자 씨는 1년 전 만들어져 동료 모두가 가입한 노동조합, 성신여대 분회 분회장에게 곧장 전화를 걸었다. 노동자들이 분노했다. 뒤늦게 용역업체가 성신여대 청소 노동자 60여 명 전원에게 정식으로 계약해지를 통보했다. 2008년 여름 8월 19일. 성신여대 노동조합 출범 1주년 기념식을 한 달 앞둔 시점이었다.

성신여대 분회는 바로 무기한 농성에 돌입했다. 농성장은 성신여대 본관. 그곳은 정문부터 시작되는 가파른 언덕을 한참이나 올라가야 도착할 수 있는 언덕 꼭대기에 서 있었다. 그 본관 건물이 '우리는 이만큼 높은 사람이다. 너희 정도는 해고 통보도 미리 할 필요 없다'라고 온몸으로 말하고 있는 것만 같았다. 가파른 인생길만큼이나 경사가 심하게 진 언덕길을 성신여대 청소 노동자들이 메웠다. 하지만 방학 중이라 학교에 학생들이 많지 않았다. 노동자들의 싸움은 외롭기만 했다.

상급단위인 서경지부를 통해 연세대 분회에도 이 소식이 전해졌다. "성신여대 청소 노동자들이 전부 해고됐다." 분노와 두려움이 뒤섞인 목소리들이 휴게실의 좁은 공간을 휘돌았다. 고려대의 노동자들도, 덕성여대 노동자들도 같은 시각 같은 소식을 들었다. 서경지부는 소속된 모든 청소·경비 노동자들을 소집했다. 날짜는 학교에 학생들이 돌아오는 개학일로 맞췄다. 개학일까지 성신여대 분회의 노동자들이 외롭게 본관에서 버티는 동안, 서울 곳곳의 캠퍼스에서 얼굴도 모르는 성신여대 조합원들의 친구들이 자리를 떨치고 일어날 채비를 하고 있었다.

마침내 그날이 왔다. 일을 끝마치고 학생회관으로 모여드는 연세대 분회 조합원들 좌우로, 백양로에 줄지어 선 은행나무들이 2학기 개학을 알리며 노랗게 물들고 있었다. 자신의 일 때문이 아니라 타인을 위해서 나서는 첫걸음. 몇이나 그 걸음에 함께할까. 걱정과 기대가 뒤섞인 표정으로 학생회관에서 기다리고 있던 우리의 눈에 멀리서 짝을 지어 모여드는 몽실몽실한 파마머리가 보였다. 개학을 맞아 백양로에 가득한 학생들 때문에 얼굴은 보이지 않았지만 그 머리는 분명히 조합원들이었다. 몽실몽실한 끝 부분만 둥실둥실 똑같이 떠다니던 파마머리는 이내 학생회관 앞에서 각각 저마다의 얼굴이 되어 자리를 잡고 앉았다. 김경순 분회장이 힘을 받아 소리 높여 출발을 알렸다.

"우리가 힘들 때, 우리를 도와줬던 사람들처럼 우리도 다른 사람들을 도우러 갑시다. 같은 처지인 사람끼리 뭉쳐봅시다. 연대 투쟁이라는 거 우리도 한번 해봅시다."

몇 시간 뒤, 성신여대에서 거대한 노동자들의 물결이 시작됐다. 서경지부에 소속된 1,000여 명의 청소·경비 노동자들의 물결이 연어처럼 성신여대의 높은 언덕길을 거꾸로 거슬러 올랐다. 언덕길 옆으로 담벼락에 둘러싸인 커다란 공터가 오늘의 집결지였다.

초조하게 담 너머를 바라보던 성신여대 분회 조합원들의 귀에 요란한 구호 소리가 들리더니, 갑자기 하나의 파마머리가 담 너머로 둥실, 떠올랐다. 그 뒤를 수백 개의 파마머리가 둥실, 둥실, 둥실 계속 뒤따라 떠올랐다. "청소 노동자 하나 되어, 복직 투쟁 승리하자!" 끝없이 이어지는 행렬은 학교가 터져라 구호를 내지르며 다가오고 있었다.

순식간에 공터는 각지에서 모인 1,000여 명의 청소·경비 노동자들의 만남의 광장이 되었다. 복자 씨는 나부끼는 깃발 아래 펼쳐진 장엄한 만남에 전율했다. 광장 안에서, 성신여대 노동자들의 외로운 투쟁이 모두의 투쟁으로 변해가고 있었다.

그 만남에 놀란 것은 연세대 분회 조합원들도 마찬가지였다. 학교 안에서는 우리끼리만 모여도 많아 보였다. 각자 일대일로 학교나 업체에 맞서야 했던, 그래서 굴복하거나 괴로워할 수밖에 없었던 예전에 비하면 말이다. 100명이 모였을 때는 고용 승계를 보장받았고, 150명이 모였을 때는 해고된 경비 노동자들이 복직했다. 200명이 모였을 때는 체불임금 3억 5천만 원을 받았었다. 1,000명이 모이면 무엇을 할 수 있을지 상상이 가지 않았다. 무엇을 할지도 상상해 본 적이 없는데 거기에 1,000명이 들어서 있었다.

일단의 목적은 동료를 복직시키는 것이었다. 천 명의 물결을 감당하지 못하고 둑이 터지듯 성신여대가 무너졌다. 한 달 만에 성신여대 청소 노동자들은 전원 복직하고 자리로 돌아갔다. 벼룩보다 못하게 취급하던 학교의 태도도 완전히 달라졌다. 마지막 협상에는 총장이 직접 나타났다.

성신여대 투쟁은 연세대 분회 조합원들이 처음으로 학교 밖으로 나간 장외 투쟁이었다. 그곳에서 조합원들은 광장에 모인 1,000여 명 노동자들의 물결이 곧 자신들의 물결임을 확인했다. 그리고 할 수 있다는 것을 깨달았다. '연대'라는 단어는 아직 모른다. 하지만 그때 조합원들의 마음속에서는 이미 연대의식이 자라나고 있었다. 그리고 그 1,000명이 다른 무슨 일을 할 수 있을지 상상하기 시작했다. 어쩌면 그때, 최저임금을 극복하기 위한 거대한 연대 파업의 씨앗이 그녀들의 마음속에 심어졌는지도 모른다.

눈꽃 · 장미꽃 연대

한 평 남짓 되는 공간은 방이라고 볼 수 없었다. 화장실용 타일로 되어 있는 벽은 군데군데 깨져 시멘트 가루가 떨어지고 있었다. 한 사람 앉으면 꽉 차는 공간을 비집고 오래된 세면대가 을씨년스럽게 놓여 있었다. 아마도 예전엔 화장실이었던 듯하다. 먹다 남은 찬 도시락, 커피포트 등의 군색한 살림살이에서 그나마 사람의 흔적이 느껴졌다. 겨울바람도 막지 못하는 그 좁은 공간에 사람이 있었다. 그곳은 이화여대 청소 노동자인 최막자 씨의 휴게실이었다.

이화여대의 학생들이 노동조합 조직을 위해 휴게실을 방문하기 시작한 것은 꽤 오래전 일이었다. 하지만 학생들의 숫자가 부족하여 제대로 진전을 못 보고 있었다. 이화여대 학생들이 우리에게 도움을 요청했다. 연세대 분회는 출범 후 연이은 투쟁에서 잇달아 승리하며 안정을 찾아가는 중이었다. 덕분에 비교적 시간이 넉넉했다. 우리는 이화여대로 향했다. 그곳에서 최막자 씨를 만났다.

말로만 듣던 휴게실의 살풍경을 직접 본 우리는 말문이 막히고 말았다. 공간이 너무 비좁고 추워서 제대로 이야기를 나누기도 힘들었다. 이런 곳에서 어떻게 쉬나 싶었다. 밖에서 일하는 것보다 이곳에서 쉬는 게 더 힘들 것 같았다. 막자 씨는 그 조악한 독방에서 안 그래도 고달픈 노동을 힘겹게 달래고 있었다. 이화여대의 다른 청소 노동자 휴게실도 사정은 마찬가지였다.

우리는 이화여대 친구들과 함께 본격적으로 휴게실을 돌기 시작했다. 하지만 이화여대는 만만치 않은 곳이었다. 학생들이 시위하면 학교 안으로 경찰을 부를 정도로 서슬이 퍼런 학교였다. 노동자들도 이것을 잘 알고 있었다. 우리가 휴게실로 찾아가면 아예 문도 열어주지 않곤 했다. 우리는 굳게 닫힌 문 앞에서 망연자실 서 있다가 발길을 돌리곤 했다. 이미 노동자들의 두려움은 뽑아낼 수 없을 만큼 깊이 뿌리박혀 있는 것처럼 보였다. 몇 겹으로 둘러싸인 단단한 성벽은 아무리 두드려도 끄떡없었다. 우리는 낙심했다. 학생들이 휴게실을 돌아다니는 걸 알아챈 학교와 용역업체의 협박은 점점 더 노골적으로 노동자들을 궁지로 몰아붙이고 있었다. 이대로 가면 노동조합 출범은 고사하고 상황만 더 악화될 것이었다. 안 되겠다 싶었다. 우리는 연세대 분회에 도움을 청했다.

연세대 분회 노동조합 상근자인 경순 씨와 옥순 씨는 이화여대 휴게실에 찾아가 노동자들을 만나기 시작했다. "우리도 처음엔 여기랑 똑같았어요. 혼자 있으면 약하고 아무 저항도 할 수 없었지만 다 같이 뭉치니 강해졌어요. 우리 목소리도 낼 수 있고 부당한 일에 맞서 당당히 싸울 수도 있고 비로소 인간대접을 받게 됐어요. 지금 이게 인간이 사는 겁니까? 우리가 뭉치면 소장도 용역업체도 학교도 두렵지 않아요."

경순 씨와 옥순 씨의 발길이 닿는 곳마다 분위기가 바뀌기 시작했다. 비록 다른 곳에서 일하고 있지만 같은 처지였던 그들은 서로 이해할 수 있었다. 경순 씨와 옥순 씨는 이화여대 노동자들과 막자 씨를 창고 같은 휴게실에 꽁꽁 묶어 놓고 있는 두려움의 족쇄를 이해했다. 그래서 학생들은 할 수 없던 설득을 그녀들은 해내고 있었다. 막자 씨는 경순 씨와 옥순 씨가 토하듯 쏟아놓는 지난날의 한을, 그리고 그것과 닮은 자신의 한을 이해했다. 휴게실 틈으로 한 줄기 빛이 새어 들어오고 있었다.

연세대와 이화여대가 있는 신촌으로 향하는 새벽 첫차에서는 연세대 조합원들이 자발적으로 이화여대 조합원들을 설득하기 시작했다. 몇 년 동안 매일 함께 첫차를 타면서 어렴풋이 얼굴을 익혔던 사람들의 첫 대화 주제는 노동조합이었다.

그들의 공명은 큰 울림이 되어 휴게실 밖으로 퍼져 나가기 시작했다. 휴게실 문을 꽁꽁 닫아 건 이화여대 청소 노동자들의 마음이 덜컹덜컹

흔들렸다. 휴게실 문을 몰래 열어주는 노동자들이 점점 늘어났다. 우리는 연세대 분회와 함께 담근 김장 김치를 들고 이화여대 휴게실을 방문하기도 했다. "연세대학교에서 조합원들이랑 학생들이랑 같이 담근 김치에요." 김치를 받아든 이화여대 노동자들의 눈빛은 부러움이 아니라, 어떤 결단으로 빛나고 있었다.

분위기는 뒤엎어졌다. 이화여대 노동자들이 학교 밖에서 비밀리에 만나기 시작했다. 옥순 씨와 경순 씨뿐만 아니라 연세대의 다른 노동자 몇 명도 함께 모였다. 마침내 8명 정도의 노동자들이 처음으로 노동조합 가입서에 도장을 찍었다. 이화여대 노동조합 출범식은 2010년 1월 27일로 예정되었다. 연세대 분회의 출범 기념일과는 하루 차이였다.

이화여대 노동자들의 출범식 당일. 살을 에는 듯한 추위를 타고 눈비가 흩날렸다. 어느새 20여 명으로 늘어나 있는 이화여대 조합원들이 날씨처럼 비장하게 출범식을 기다리고 있었다. 학교는 이들을 안으로 받아들이지 않았다. "당신들은 우리 학교 사람이 아니니 출범식이든 뭐든 할 거면 나가서 해라." 이화여대 조합원들은 눈비 내리치는 학교 밖으로 쫓겨났다. 그러나 외롭지는 않을 터였다. 같은 서경지부의 청소·경비 노동자들이 출범식을 축하하기 위해 이화여대로 향하고 있었다.

드디어 오랜 시간을 벼르고 별러온 출범식이 시작되었다. 서경지부 이화여대 분회. 그 이름이 연세대, 고려대, 성신여대, 덕성여대와 나란히 놓일 참이었다. 그 자리에 눈비를 맞으며 앉을 사람들은 20여 명의 이화여대 조합원들뿐만이 아니었다. 이화여대 분회 조합원들이 다른 노동자들의 도착을 차분하게 기다리고 있었다.

이제 동료가 된 서경지부 소속의 조합원들이 이화여대의 정문을 지나 합류했다. 노동자들을 막아 선 교직원들이 몸싸움을 벌이기도 했지만 밀려드는 사람들을 막기에는 역부족이었다. 연세대 조합원들도 깃발을 들고 눈비를 헤치며 앞으로 앞으로 나아갔다.

학교에서 쫓겨나 건물 밖에서 우비를 뒤집어쓴 채 서릿발처럼 앉아 있는 노동자들과 여화여대로 몰려든 노동자들이 서로의 시야에 들어오기 시작했다. 내리치는 눈비 속으로 희뿌옇던 시야가 울컥, 환해졌다. 온통 하얀 배경 속에서 이화여대 출범식이 시작되었다. 몰아치는 눈비에도 쓸쓸하거나 외롭지 않았다. 연세대 조합원들이 학생들에게 받았던 장미 꽃송이 대신 하늘이 이화여대 조합원들에게 눈꽃송이를 선물하고 있었다.

지금 이화여대에는 100명도 넘는 조합원들이 있다. 그들은 얼마 전에 연세대, 고려대, 고려대병원의 노동자들과 함께 최저임금의 벽을 무너뜨렸다. 그때가 2011년 4월. 이화여대 분회가 만들어진지 1년 만의 일이었다.

이화여대 노동조합 출범에는 학생들보다 다른 분회 조합
원들의 공이 컸다. 그들은 어느새 '연대'라는 소중한 가치
를 실현해내고 있었다.

어떤 예감

옥순 씨의 첫 메이데이

매년 5월이 되면 거리는 벌써 사람들의 열기로 뜨겁게 타오른다. 열기의 한가운데로 속 시원한 발언이 뻗어 나오기도 한다. 노동절, 혹은 메이데이. 바로 그날 때문이다. 이날 전국 각지에서 수많은 노동자가 서울로 올라온다. 올라온 사람들은 업종의 구별도 없고, 성별의 구별도 없고, 나이의 구별도 없이 한데 뒤섞여 자리에 앉는다. 그들 사이에 이견이 없고, 갈등이 없고, 서운한 감정이 없다고 하면 거짓말이겠으나 이날만은 모두가 한자리에 모여 축제를 연다. 각자의 색깔은 각자의 색깔대로 둔다.

무대 위 파업 중인 노동자들의 발언에는 때로 얼음장 같은 한과 불길 같은 분노가 서린다. 그럴 때면 노동자들은 자꾸만 자신의 일이 떠올라

혀를 차거나 한숨을 내쉰다. 때로 눈시울을 붉히기도 한다. 숙연함만이
이날의 전부는 아니다. 무대 위에서는 민중가수들의 공연이나 노동자
들이 스스로 준비한 풍자극도 올라온다. 공연과 풍자극의 사이사이에
는 '와아.' 하는 웃음소리와 '잘한다'는 박수소리가 종종 사람들 사이
에서 퍼져 나간다.

연세대 분회도 출범 이후 매년 메이데이 집회에 참가한다. 처음부터
그랬던 것은 아니었다. 나이가 들러붙은 살집과 삐걱대는 관절이 자꾸
만 발길을 잡아챘다. '나 하나 안 간다고 티나 나겠어.' 하는 생각이,
'기껏 메이데이를 휴일로 만들었는데 좀 쉬면 안 되나.' 하는 생각과 뒤
얽혀 자꾸만 마음을 동여맸다. 그들을 움직인 것은 처음에는 조합 간부
들과 현장 운영위원들, 학생들의 설득이었다. 그러나 지금은 다르다.
내 문제를 해결하기 위해 우리가 움직여야 했고, 우리 문제를 해결하기
위해 더 큰 우리가 움직여야 했던 경험이 준 마음속 깨달음이 있다.

옥순 씨는 메이데이에 처음 갔던 날 "싸우는 노동자들이 겁나게 많구
나"라고 생각했다. 비정규직 노동자들만 싸우는 것이 아니라는 사실도
그날에야 실감했다. 형형색색의 깃발이 수도 없이 나부끼고 있었다. 그
아래, 수만 명의 노동자가 자신들의 노동조합 이름이 적힌 깃발을 들고
자리에 앉아 있었다. 거기에 노동자들의 시각으로 재구성된 한국 지도
가 깃발이 되어 펼쳐져 있었다. 청주 청주대 분회, 부산 한진중공업, 광
주 금호고속버스, 서울 퀵서비스노조, 구리 공무원노동조합……. 옥순

씨가 생각했던 것보다도 또 더 큰 우리가 그곳에 있었다. 스치며 지나가는 여공들을 볼 때면 스타킹 공장에서 일하던 자신의 젊은 날이 떠올랐다.

분회의 부분회장인 옥순 씨는 한 가지 아쉬움도 느꼈다. 우리 조합의 이야기를 그곳에 들고 나오지 못했다. 다른 노동조합의 노동자들은 한 손에 자신들의 이야기가 적힌 피켓을 들고 있었다. "흘린 눈물 한 방울당, 매장 하나 박살 내자" 자주 보았던 이랜드 조합원들의 피켓 문구가 특히 옥순 씨의 가슴에 와 닿았다. 상급 단위에서 나누어 준 '비정규직 철폐, 가자 총파업으로' 피켓만으로는 뭔가 아쉬웠다. 얼마 전 현장 운영위원회 석상에서 푸념처럼 내뱉었던 "대학 총장이 진짜 사장"이라는 문구라도 적어올 걸 싶었다. 조합원들이 느끼는 세세한 불편도, 불만도 찾아보면 많을 것이었다. 몸에 유해할지도 모르는 약품을 청소하는 이과대 조합원들이 떠올랐다. 학교가 폐지 수거로 버는 돈을 빼앗아간 것도 생각할수록 괘씸했다. 여기서 꺼내놓고 싶은 연세대 분회 이야기가 끝도 없이 머릿속에 떠올랐다. '이 이야기들. 내년에는 여기다 다 털어놓아야지.' 옥순 씨는 돌아가자마자 조합원들을 만나 이야기를 나눠야겠다고 생각했다. 곧 있을 최저임금위원회 앞의 집회에서는 그 이야기들이 피켓이 될 것이다.

최저임금 안팎에서 벌어진 일들

매년 6월 말에서 7월 초 사이면 강남 한복판 학동에 있는 최저임금위원회 사무실에서 내년도 최저임금을 결정하는 회의가 열린다. 정부 대표, 기업 대표, 노동자 대표가 한자리에 앉아 최저임금을 얼마로 결정할지를 두고 긴 시간 팽팽한 줄다리기를 벌인다. 그러나 사실 그 자리에서 노동자 대표는 고립되는 경우가 많다. 정부 대표와 기업 대표가 한편에 서서 줄을 끌어당기곤 하기 때문이다. 협상단의 편이 되어줄 실제 노동자들. 최저임금을 받으며 일하는 노동자들. 그들은 안타깝게도 자신들의 염원이 투명한 힘이 되어 우리 편 줄을 끌어당겨주기를 바라며 응원을 보내는 수밖에 없다.

그래서 최근 몇 년 사이에, 노동자들이 꾀를 냈다. 최저임금위원회 건물 바로 앞에 집회신고를 냈다. 협상이 시작되면 노동자들은 큰 소리로 함성을 지르거나, 빵빵하게 앰프를 틀어놓고 최저임금을 현실화하라고 외쳤다. 그 소리는 아마 협상장 안에 있는 대표들에게도 들렸을 것이다.

연세대 분회 역시 매년 메이데이가 끝나면 최저임금위원회 앞에서의 투쟁을 준비한다. 청소 노동자들에게는 어떻게 보면 임금단체협상보다도 더 중요한 것이 이 최저임금위원회 투쟁이다. 최저임금이 결정되면 그것은 반드시 매해 초, 연세대학교에서 벌어지는 연세대 분회와 용역업체의 단체협상 자리에서 임금을 결정하는 최종 근거자료로 사용된다. 이 일은 사실 연세대뿐만 아니라 전국 어디에서나 벌어지는 일이다. '최저임금이 곧 최고임금' 연세대의 청소 노동자들이 수십 년간 불문율로 받아들여야만 했던 율법의 이름이다.

그러니 협상장에서의 줄다리기는 사실, 청소 노동자를 비롯하여 수많은 최저임금 노동자들의 삶을 한가운데 올려놓고 벌어지는 아슬아슬한 줄다리기다. 기업 대표가 죽는소리하며 꼭 최저임금 삭감을 첫 안으로 가져와 노동자들의 삶을 걷어찬다. 한참을 싸워야 겨우 "올해 최저임금은 동결하기로 하죠"라는 말이 나온다. 노동자 측은 죽는소리에 화난 소리까지 모든 감정을 다 쏟아낸다. 그제야 "그렇다면……." 짐짓 이해하는 척하더니, 이번에는 그 삶에 침을 뱉는다. "내년에는 10원 올립시다." 협상장 바깥으로 기업 대표의 말 한 마디 한 마디가 전해질 때마다 기다리는 노동자들의 가슴에는 비수가 꽂힌다. 그러나 할 수 있는 일이라곤 길바닥에 앉아 끈질기게 버티는 것밖에 없다. 2009년, 2010년 그 건물 안과 밖에서 판에 박은 듯 똑같이 일어난 일이었다.

그즈음, 수년째 최저임금위원회 투쟁을 진행한 조합원들 사이에서 슬슬 최저임금위원회 투쟁만으로는 이 문제를 해결할 수 없다는 공감대가 생겨나고 있었다. 협상장 바깥에서 협상장 안의 일을 바꾸는 데에는 한계가 있었다. 동시에 그 문제를 다시 우리의 협상장으로 끌고 들어와야 했다. 그리고 지난 수년간의 경험은 똑같은 전략을 되풀이하면 똑같은 결과가 나온다는 교훈을 주고 있었다. 그리고 더 중요한 깨달음이 하나 더 있었다. 수많은 사업장을 돌아다니는 가운데 얻어진 것이었다.

'더 큰 우리가 더 강하다.'

이제 새로운 투쟁을 준비해야 할 시간이 서서히 다가오고 있었다.

7부. 장미꽃 향기

파업 전야

다섯 번째 출범식

연세대 분회가 생긴 지도 어느덧 만 4년 째였다. 2011년 1월 26일. 연세대 분회 출범 4주년 기념식이 노천극장에서 열렸다. 출범식부터 3주년 기념식까지 사용했던 학생회관 4층의 무악극장은 학생회관 리모델링 공사 탓에 사용할 수 없었다. 조합사무실이 위치한 노천극장의 한 연습실. 이제 300여 명에 달하는 조합원들이 그곳에서 무엇인가를 단단히 결심한 눈빛으로 비정규직철폐 투쟁가에 맞춰 팔뚝질하고 있었다. 4년 전 같은 날, 같은 노래를 부르던 때와는 완연히 다른 모습이었다. 자신도 정확히 모르는 어느 시점부터 조합원들은 그 노래와 팔뚝질에 익숙해져 있었다.

새로운 투쟁의 기운

조합원들이 출범 4주년 기념식에서 무엇인가를 결심하고 있기 약 한 달 전.

연세대 분회의 상급 단체, 서경지부의 상근자들은 분주한 나날을 보내고 있었다. 어느덧 대학교의 청소·경비 노동자들로 구성된 분회만 7개였다. 최근 홍익대 분회가 노동조합을 결성했다. 출범에 맞춰 용역업체와 단체협상을 하던 홍익대 분회가 된서리를 맞았다. 홍익대학교 측이 2011년 1월 1일 자로 용역업체와의 계약해지를 통보하며 휴게실 문을 걸어 잠근 것이다.

서경지부도 노동조합만 만들었다 하면 자르고 볼 생각부터 하는 학교들에 이미 이골이 난 상태였다. 상근자들과 홍익대 분회 조합원들은 발 빠르게 상황에 대처해 나갔다. 조합원들이 학교 총무처를 점거하고 고용을 승계하라는 투쟁에 돌입했다. 그런데 이 투쟁에는 다른 때와는 조금 다른 특별한 일이 생겼다. 홍익대 노동자들의 복직 투쟁이 놀라울 정도의 사회적 반향을 일으킨 것이다.

인터넷에서는 트위터와 기사를 통해 홍익대 분회의 상황이 생중계되는 진풍경이 벌어졌다. 홍익대의 소식을 들은 사람들이 홍익대 분회가 점거하고 있는 건물에 쌓이며 음식 따위를 끊임없이 보내왔다. 이름을 남기지 않은 어느 가정주부의 반찬, 친구들과 조금씩 모아왔다며 어느 고등학생이 건넨 검은 봉지에 담긴 햅쌀, 근처 주민과 학생들이 가져온 음료수와 라면, 이름을 밝히지 않은 가게에서 배달 온 야식 등이 농성장 한편에 산더미처럼 쌓였다. 졸업생과 학생들이 연이어 학교를 비판하는 성명을 발표했다. 거기서 끝이 아니었다. 영화배우, 스포츠 해설가, 만화가 등 유명인들도 지지를 표명했다. 건물 로비에는 홍익대 학생들이 투쟁을 주제로 만들어 전시한 작품들이 줄지어 세워졌다. 영화 같은 상황이었다.

본관을 겸하는 건물의 로비가 온갖 물건과 그림, 글들로 채워져 이상한 나라가 됐다. 조합원들은 그곳에 스스로 뛰어든 엘리스였다. 학교는 더 이상 버티지 못했다. 노동자들이 총무처를 점거한 지 49일 만에 고용 승계를 골자로 하는 협상이 타결됐다. 드라마틱한 승리였다.

투쟁이 끝나자 새로운 용역업체와 홍익대 분회 사이의 임금단체협상이 시작됐다. 놀라운 투쟁에 아직 세상이 주목하고 있을 때였다. 조합원들도 그 지지자들도 다른 어디보다 나은 합의안이 나올 것이라고 생각했다. 예상은 보기 좋게 빗나갔다. 용역업체는 법적인 최저임금을 무기로 들고 나왔다. 홍익대학교 측도 더 이상 문제에 관여하기를 거부했다. 용역업체와 노동자 사이의 문제이니 학교는 관계가 없다는 것이 그 근거였다. 놀라운 기적이 일어난 곳에서 다시 여느 곳과 다를 바 없는 상황이 벌어졌다. 그리고 결론도 그랬다. 도출된 합의안은 시급 4,450원. 2011년도 법정 최저임금인 4,320원과는 겨우 130원밖에 차이가 나지 않는 금액이었다.

그즈음, 서경지부의 다른 고참 분회의 조합원들 사이에서 뭔가 새로운 방법이 필요하다는 이야기가 나오고 있었다. 짧게는 2년, 길게는 6년 차에 접어든 모든 사업장에서 매년 똑같은 벽 두 개를 돌파하지 못하고 있었다. 하나는 매년 단체협상이 최저임금의 벽을 깨지 못한다는 것, 다른 하나는 원청인 학교가 노동자들을 완전히 무시한다는 것이었다. 매번 최저임금은 애초부터 한 가족의 삶을 감당하기에는 터무니없이 모자랐다. 그마저도 물가상승률보다 느리게 뛰고 있었다. 상황이 이래도 업체는 최저임금이 올랐으니 임금이 상승한 것이 아니냐, 최저임금이 올라 우리도 월급을 감당하기가 벅차다는 말만 반복했다. 최저임금이 노동자들이 아니라 사용자들의 무기가 된 것이다. 이 상황을 타파하기 위해서는 학교가 움직여야 했다. 원청인 학교가 용역비 책정 과정에서 미리 현실적인 생활이 가능한 임금을 산정할 필요가 있었다. 그러나 학교는 노동자들과 법적으로 아무런 상관이 없다는 방패를 가지고 있었다. 학교와 용역업체가 탁구를 치듯 노동자들의 요구를 주거니 받거니 미루는 동안, 노동자들의 임금은 점점 삶을 감당하기 힘든 수준으로 전락하고 있었다. 2010년 연세대 분회 청소 노동자들이 받은 월급은 약 85만 8천 원. 4대 보험을 제한 실수령액은 80만 원이었다.

각 현장에서 축적된 경험이 서경지부로 모여들었다. 머리를 맞대고 아이디어를 짜내기 시작했다. 긴 토론 끝에 한 가지 계획이 나왔다. 사회적인 이슈화로도, 강력한 분회의 개인 돌파로도 최저임금을 이겨낼수 없다면 그 둘을 섞자는 결론이었다. 단체협상이 다가온 네 개의 분회가 올해 첫 삽을 뜨기로 했다. 연세대 분회, 고려대 분회, 이화여대 분회, 고려대병원 분회(이하 연고이병)가 그들이었다. 그들은 현장 간의 미묘한 차이, 서로의 상황 등 모든 것을 젖혀두고 하나의 요구안을 완성했다. 요구는 간명했다. 시급 5,180원, 휴게실 개선, 원청사용자성 인정. 요구하는 시급은 대한민국 전체 노동자 평균의 50%로 계산한 것이었다. 그것에 최소한의 생활이 가능한 임금이라는 뜻으로 생활임금이라는 이름을 붙였다. 최저임금이 아닌 생활임금을! 창문이 있어 햇볕이 들고 냉난방이 가능한 휴게실을! 학교가 우리의 존재를 인정해 주기를!

믿을 수 없지만 그것이 21세기가 10년도 넘게 지난 2011년. 서울 주요 사립대학에서 일하는 노동자들의 공통적인 요구였다.

캠퍼스 밖으로 쫓겨난 생활임금

같은 요구를 모았기에 협상도 공동으로 진행하기로 했다. 연고이병의 모든 용역업체와 조합간부들이 한자리에 모였다. 겨우 네 곳의 학교에서 용역업체만 열 개가 훌쩍 넘는 진풍경이 벌어졌다. 그들은 이제까지와 전혀 다를 바 없는 주장을 했다. 열 개가 넘는 입이 똑같은 소리를 했다. 아무런 성과가 없는 협상이 지루하게 이어졌다. 협상은 학기가 시작될 때까지 계속됐다. 그러나 노동자들은 협상이 끝나지 않아 2010년도 최저임금을 기준으로 한 월급을 받으면서도 아무도 이탈하지 않았다. 노동청은 협상이 결렬되면 합법적인 쟁의권을 노동조합에 부여하겠다는 의사를 용역업체에 전달했지만, 그들의 태도는 변함이 없었다. 하나의 학교일 때는 감당할 자신이 없어서 할 수 없었던 그것, 바로 파업이 다가오고 있었다.

마지막 협상 자리. 노동청 근로감독관, 용역업체, 조합간부들 삼자가 배석했다. 노동자 측이 한발 물러선 시급 4,800원을 제시했음에도 협상에는 아무런 진전이 없었다. 여전히 최저임금이 사용자 측의 마지노선이었다. 커트라인인 자정이 다가오자 조합원들은 파업을 직감했다. 누구도 원치 않는, 그러나 이대로라면 언젠가는 가야 할 길이었다. 조합원들이 시계를 바라보기 시작했다. 자정을 삼십 분 정도 남기고 용역업체들이 새로운 안을 내놓았다. 그 안을 내놓기 전에 용역업체는 학교 측 사람으로 짐작되는 누군가와 통화하는 모습을 보여줬다. 그러나 받아들일 수 있는 수준이 아니었다. 자정을 넘기고 쟁의권을 주는 마지막 판결을 하려는데 몇몇 업체 직원들이 급한 전화를 받는 듯하더니 개별 접촉을 시도했다. 갑자기 껑충 뛰어오른 시급을 제시했다. 어떤 업체 직원은 못마땅한 표정으로 개별 접촉을 시도하는 업체 직원을 노려보고 있었다.

그들이 흔들리고 있다! 용역업체 뒤에서 인형을 조종하는 인형사처럼 버티고 서 있는 학교들의 담합이 흔들리고 있다! 그들이 파업을 두려워하고 있다! 조합원들의 육감이 꿈틀거렸다. 이미 정해진 협상 시간은 지난 뒤였다. 그들의 마지막 제안은 오히려 조합원들에게 확신을 심어 주었다. 드디어 쟁의권이 주어졌다. 아무도 그것을 기다린 적이 없었다. 하지만 그것은 주어졌다. 어차피 이렇게 된 것 내년을 위해서라도, 최저임금이 곧 최고임금인 수많은 사람을 위해서라도, 전례를 만들어 둘 필요가 있었다. 학교에 의해, 업체에 의해, 보이지 않는 무엇인가에 의해 캠퍼스 밖으로 쫓겨난 생활임금을, 이참에 아예 캠퍼스보다 거대한 차원에서 자리 잡게 해야 했다.

파업 전야의 자정 무렵이었다.

더 큰 우리가 더 강하다

빗자루를 놓고 깃발을 들다

2011년 3월 8일.

고려대, 이화여대, 고려대병원의 청소·경비직 조합원들이 일제히 빗자루를 놓고 깃발을 들었다. 각각의 직장에서 모인 그들은 함께 연세대를 향해 출발했다.

연세대에는 이미 네 학교의 파업을 지지하는 시민과 학생들이 소식을 듣고 자리에 앉아 있었다. 본관을 호위하듯 백양로가 갈라지는 삼거리 차로. 그곳을 가로막고 노동자들의 파업 선언이 시작됐다.

12차례의 교섭, 법, 학교, 회사……. 그 무엇도 그들의 요구를 들어주지 않았다. 그들은 자신들의 처지를 알리고 사람들에게 지지를 호소했다. 그리고 3월 8일 당일은 경고 파업임을 분명히 했다.

"오는 14일부터 우리는 완전히 빗자루를 손에서 놓습니다. 10년을 넘게 우리의 이야기를 묵묵히 들어주던 빗자루를 놓습니다. 그 친구에게는 미안하지만, 이제 사람에게 이야기를 건네려고 합니다. 불편하더라도 참고, 우리를 지지해주십시오."

천을 헤아리는 노동자들이 일제히 다가올 전면파업을 선언했다.

다음 날부터 네 개 현장의 노동자들이 각자의 현장에서 각자의 방식으로 파업을 준비하기 시작했다. 연세대, 이화여대, 고려대에서는 학생들의 지지 서명운동이 벌어졌다. 연세대 분회의 노동자들은 학생들과 짝을 지어 강의실로 들어갔다. 학생들이 서명판을 돌리는 동안, 조합원들은 난생처음 수십, 수백 명의 학생 앞에서 자신의 처지를 설명하고 지지해 달라는 말을 했다. 교단에 서 있는 조합원들의 목소리가 파르르 떨렸다. 같은 일이 이화여대, 고려대에서도 벌어지고 있었다. 반응은 폭발적이었다. 3일도 안 되어 세 학교에서 4만 명이 넘는 학생들이 서명운동에 동참했다.

점심시간에는 식당이 있는 학생회관 앞에 모였다. 목소리로 인쇄물로 지지를 호소했다. 그런 나날이 하루씩 넘어가는 동안, 업체와의 협상이 재개됐다. 업체들은 전보다는 한층 허약해진 목소리로 최저임금을 입에 올렸다. 그러나 그 목소리는 눈에 보일 정도로 얇아져 있었다. 최저임금은 더 이상 두터운 방패가 아니다.

부분 파업 돌입

14일을 기해 부분적인 파업과 태업이 시작됐다. 파업이 시작되고 반나절도 지나지 않은 시점에서 이화여대, 연세대, 고려대 세 대학의 캠퍼스는 일제시대에도 겪지 않은 수모를 겪었다. 믿을 수 없을 정도로 학교가 더러워졌다. 누군가가 고의로 쓰레기를 투척하고 있다고 해도 믿을 정도였다. 수만 명이 끊임없이 내어놓는 쓰레기는 청소 노동이 중단되는 순간, 흉물스러운 모습으로 학교를 습격했다. 보이지 않아 무시조차 받지 못했던 청소 노동이, 스스로를 포기한 순간에야 비로소 모습을 드러내 가치를 입증하고 있었다.

화장실에 휴지가 무릎까지 차오르고 변기는 막혀 아무도 사용할 수 없는 지경에 이르렀다. 꽃이 움틀 백양로에는 온갖 쓰레기들이 흉물스럽게 날아다녔다. 오후에 업무로 복귀한 조합원들은 태업할 필요성을 느끼지 못했다. 쓰레기는 이미 하루 안에 처치가 불가능한 상태였다.

학생들은 불만을 터뜨렸다. 그러나 분노는 파업 중인 분회의 조합원들이 아니라 학교와 업체로 향했다. 지난 몇 년간, 학생회 선거 때나 등장하던 대자보가 학내 곳곳에 나붙었다. 동아리, 학회, 개인, 학생회 등이 노동자들의 파업을 지지하며 하루빨리 학교가 나서 이 사태를 해결하라는 요지의 글을 써 붙였다. '우리는 이 불편함을 지지합니다.' 학교를 뒤덮은 학생들의 지지 플래카드와 자보가 조합원들에게 힘을 실어

주었다.

심상치 않은 분위기를 감지한 학교와 업체가 움직이기 시작했다. 용역업체는 조합원들이 퇴근한 사이, 휴게실에 숨어들었다. 그들은 태업하는 노동자를 사규에 따라 징계하겠다는 협박을 붙여놓고 나왔다. 이게 역풍을 맞았다. 태업은 노동법이 규정한 합법적인 쟁의 행위였다. 법이 언제나 자신의 편이라고 믿던 그들은 근로기준법도 한 번 읽어보지 않은 것이다. 이 불법적인 행위가 대대적으로 홍보됐다. 학교와 업체는 궁지에 몰리고 있었다.

용역업체가 새로운 제안을 쏟아내기 시작했다. 밀고 당기고 발버둥을 쳐도 최저임금 수준에서 꿈쩍도 하지 않던 임금이 껑충 뛰기 시작했다. 연고이병의 간부들이 다시 모여 내부적 마지노선을 4,600원으로 조정했다. 부분파업이 시작되고 5일째인 19일, 고려대병원이 무너졌다. 바로 며칠 뒤인 25일 이화여대도 백기를 들었다. 연세대와 고려대만이 고집스럽게 버티고 있었다. 결국 고려대와 연세대 노동자들이 최후의 카드를 뽑았다. 29일부터 전면파업이 시작될 것이라는 예고가 언론사, 플래카드, 공문, 대자보, 유인물을 통해 학교와 학생, 그리고 이 사태를 지켜보는 모두에게 퍼져 나갔다. 투쟁은 절정으로 치닫고 있었다.

연세대학교도 연세대 분회 노동자들도 모두 29일 본관에서 4년 만에 재회하게 될 것을 예감하고 있었다.

최저임금을 무너뜨리다

　29일 새벽. 노천극장에는 긴장감이 감돌고 있었다. 전면파업과 함께 본관 점거가 시작될 예정이었다. 학교도 짐작하고 있으리라. 그들이 어떻게 나올지 알 수 없었다. 식사를 마치고 간단한 조회를 한 후에 짐을 챙겨 일어났다. 언제 끝이 날지 알 수 없는 싸움이었다. 이제부터 본관이 집이 될 것이었다. 짐을 나르는 데 트럭이 필요할 정도로 철저한 준비를 했다.

　본관에 들이닥친 조합원들을 보고도 교직원들은 당황하지 않았다. 믿는 구석이 있어 보였다. 조합원과 학생들은 그때부터 본관을 지키기 시작했다. 다 해서 300명도 넘는 인원이었다. 좁은 본관은 금방이라도 터질 것 같았다. 아직 겨울에 가까운 삼월인데도 본관 앞은 사람들의 체온으로 더웠다.

　본관 점거와 동시에 새로운 작업이 시작됐다. 본관에서 조합원들은 아침마다 스스로의 손으로 A4 용지에 글을 쓰고 플래카드를 만들었다. 300명. 4장씩만 써도 천 장이 넘었다. 근처 가게의 A4를 모두 사고도 모자라 이면지까지 동원됐다. 그렇게 작성된 글들은 조합원들의 손에 의해 다시 학교의 모든 건물, 모든 벽에 나붙었다. 며칠이 지나자 학교 안의 거의 모든 건물이 조합원들의 글들로 빼곡히 도배됐다. '배고파서 못 살겠어요', '도와주세요' 같은 온건한 해결을 호소하는 글부터 그간의 사정을 설명하는 '우리도 사람이다', '우리는 끝까지 싸운다' 같은 내용의 글까지. 맞춤법도 잘 맞지 않고 삐뚤삐뚤하게 쓰인 글들이 연세대를 뒤덮는 전무후무한 광경이 펼쳐졌다.

학교도 가만히 있지는 않았다. 협상에서는 계속 새로운 제안을 내놓으면서도 뒤로는 학생들의 지지를 비판으로 바꾸려는 작업을 시도했다. 어느 날 아침. 갑자기 총장의 메일이 전교생에게 발송됐다. '사회적 약자를 도와야 한다는 것은 학교가 가르치던 도리다. 그러나 지금 학교 측은 최선을 다하고 있다. 노동자들의 지금 요구는 너무 과하다'라는 것이 요지였다.

이게 역효과를 봤다. 학생들은 앞뒤도 맞지 않는 글에 냉소적으로 반응하거나 분노했다. 평소라면 드러나지 않았을 학생들의 반응은 생중계되는 것처럼 표면으로 드러났다. 조합원들이 붙여 둔 종이에 학생들이 이니셜, 이름, 별명 온갖 명의로 학교를 비판하고 조합원들을 응원하는 글을 메모하기 시작했다. 포스트잇이 동원되거나 아예 종이를 빼곡하게 채운 글도 많았다. 일일이 체크하거나 살펴볼 수 있는 수준의 양이 아니었다.

그리고 그 글은 우리의 승리를 내포하는 내용 두 가지를 포함하고 있었다. 첫째, 한 번도 노동자와의 관계를 인정하지 않던 학교가 조합원을 직접적으로 언급한 글을 총장의 메일로 발송한 것이다. 그것도 전교생에게. 이것은 그 자체로 간접적인 승리였다. 원청사용자성을 아무리 부인하려 해도 이제는 전례가 남게 된 터였다. 둘째, 그 글은 앞뒤가 맞지 않았다. 사회적 약자 운운하다 느닷없이 조합원들을 비난하고 있었다. 글이 그 지경인 것은 학교가 이 문제에 관심을 가진 학생들과 사람들이 어떤 시선으로 학교를 바라보고 있는지 알기 때문이었다. 학교는 여론을 의식하며 열세를 드러내고 있었다.

4월 1일. 그때까지 버티던 고려대가 결국 무너졌다. 고려대병원, 이화여대에 이어 시급 4,600원을 기본으로 여타 수당, 근로조건이 대폭 인상된 협상안이 양측의 사인을 받아 법적 효력을 발휘하기 시작했다. 마지막까지 완고하던 연세대도 일주일을 넘기지 못하고 7일 밤, 4,600원에 사인을 했다. 학교와 용역업체와의 도급 계약은 이미 끝나고도 한 달도 더 지난 시점이었다.

여타 수당, 식대, 근로조건, 노동조합 지원 등도 대폭 강화됐다. 그전의 도급계약이 그대로 시행된다면 용역업체는 대규모 적자를 볼 것이었다. 그런데 이탈한 용역업체는 연고이병 어디에도 없었다. 이것은 원청인 학교가 협상을 지시하면서 그에 맞춰 용역업체에 주는 도급비를 인상했을 것임을 암시한다. 따라서 이 투쟁은 원청을 상대로 승리한 투쟁이나 다름없었다.

최저임금의 벽을 깬. 원청이 직접 등장하게 한. 그것을 서울 곳곳에서 동시다발적으로 이루어 낸. 그 과정에서 서로 더 알아가고 더 믿게 된. 대학 내 학생사회와 대학 밖 시민사회의 지지를 얻어낸. 그래서 또

한 층 성장을 한. 연세대 분회의 조합원들이 본관에서 짐을 챙겨 밖으로 나온 4월 8일에 백양로에는 꽃들이 만발했다.

완연한 봄이었다.

봄날은 온다

역사가 전하는 이야기

국가 혹은 사회가 그 구성원에게 의무적으로 보장해야 할 것이 있다면 그것은 무엇일까? 아마도 그것은 삶의 근간만은 흔들리지 않게, 최소한의 삶은 누릴 수 있게 하기 위해 주어져야 할 무언가일 것이다. 구체적이지는 않지만, 그것의 이미지를 표현한다면 아마도 '인간다운 삶' 혹은 '인간다운 삶을 위해 스스로 노력할 수 있는 최소한의 환경' 정도로 묘사할 수 있을 것이다.

연세대에서 우리가 5년간 만났던 노동자들에게 묻는다면 무어라 대답할까? 아마 생활을 꾸려 나가기 위해 필요한 최소한의 임금, 먹고사는일을 걸고 협박당하지는 않는 직장 등이 후보에 오를 것이다. 일과 다음 날의 일을 위한 휴식 외에 뭔가가 더 있는 일상도 빠질 것 같지는 않다. 그러나 지난 5년간의 역사에는 슬프게도 그러한 것들이 그들에게 거저 주어지지 않았다고 기록되어 있다. 연세대 분회의 청소·경비 노동자들은 투쟁을 통해 그것들을 쟁취해야만 했다.

시장, 교육, 직장 등 사회의 어떤 요소도 그 사회를 구성하는 사람보다 우선할 수는 없다. 그게 무엇이든 그것을 사람보다 우선순위에 두는 순간, '인간 사회'라는 말은 무너진다. 어쩌면 우리는 인간이 아닌 다른 무엇의 사회를 살고 있는지도 모른다. 근래 우리네 사회를 구성하는 것들 중에 사람 위에 있는 것은 너무도 많다. 사람보다 아래에 있는 단어의 목록을 세는 편이 빠를 정도로.

연세대 분회 조합원들에게는 4월 이전까지 최저임금이 곧 월급이었다. 아직 우리가 알지 못하는 수많은 노동자에게는 여전히 최저임금이 실질적인 최고임금이다. 도급이나 외주화는 원청이 하청을 통해 노동자들을 저임금에 묶어 놓고도 쉽게 통제하려는 수단으로 전락한 지 오래다. 심하게는 하청이 다시 원청이 되어 다른 회사에 재도급하는 다단계 도급이 일곱, 여덟 계단까지 내려간다. 도대체 7단계 도급이 왜 필요한가.

근엄한 법관의 옷을 입고 우리 사회는 구성원들에게 원시적인 협박을 하고 있다. '수틀리면 잘라버리겠다. 주는 만큼만 받고 조용히 일해라.' 최저임금제는 자원봉사자의 환한 미소를 지으며 수혜자를 겁박하고 있다. '내가 굶어 죽지는 않게 해줄게. 대신 이 선은 넘지 마'

봄 날 은   온 다

225

우리는 어떻게 사회에 인간의 얼굴을 돌려줄 수 있을까? 연세대학교의 이야기가 신 나기는 하지만, 그렇다고 노동조합이 정답이라고 이야기할 수는 없다. 그러나 연세대학교의 이야기를 곱씹으면서, 지금 당장의 나를 인간답게 살지 못하게 하는 굴레들에 저항하면 무엇인가가 변할 수 있다는 것은 알 수 있다. 그리고 그런 사람들이 늘어나면 변화의 폭과 희망도 넓어지고 커질 것이다.

방식은 중요하지 않다. 노동조합일 수도 있겠지만, 투표나 술자리에서 주고받는 이야기가 될 수도 있다. 어쩌면 의외의 곳에서 길이 보일 수도 있다.

이 책을 읽고 있는 여러분의 삶에도 당신의 인간다움을 옥죄어오는 무엇이 있을 것이다. 내게도 있다. 취업을 위해 기계처럼 도서관과 강의실을 오가며, 토익 점수와 학점을 저울질할 수밖에 없는 일상. 유일한 낙이 온라인 게임인 일과. 이것들이 나를 인간 이하의 존재로 만든다. 글을 쓰는 동안, 나는 내가 내 스스로의 삶을 내팽개치고 있다는 사실을 깨달았다. 나는 지금의 일상에 어떤 식으로든 저항할 생각이다.

생각해보니 저항의 규모도 저항의 방식만큼이나 중요하지 않다. 소극적이냐 적극적이냐도 중요하지 않다. 어떤 목표를 가지고 어떤 방식을 사용해 얼마나 하느냐보다 하는지 마는지가 훨씬 중요하다. 하지 않는다면 무엇도 변하지 않겠지만 시도한다면 언제나 변화의 가능성이 있으니까.

연세대 분회의 조합원들은 서서히 함께 걷는 이를 늘려가며 여기까지 왔다. 나도 어디선가 스스로를 인간답게 만들기 위해 저항하고 있는 당신을 만날 수 있으면 좋겠다. 우리는 그때 어쩌면 악수를 나누게 될지도 모르겠다.

승리의 고기 파티

연고이병의 연합 투쟁이 끝난 8일 아침, 본관을 나온 조합원들이 노천극장에 모였다. 노동자들이 각자 사온 고기와 학생들이 마련한 고기가 한 편에 200근 가까이 쌓였다.

본관에서 침대 대용으로 삼았던 비닐을 깔고 그 위에 버너를 놓았다. 삼삼오오 모여 고기를 구워 먹었다. 인원이 줄잡아 백은 될 듯한 학생들이 그 사이를 오가며 함께 파티를 벌였다. 노천극장에는 고기 굽는 냄새가 가득했다. 돼지, 오리, 닭 등 소고기만 빼고 고기 자가 붙은 음식이 모조리 올라왔다.

흥겨운 시간이었다. 집회에 쓰이던 앰프는 노래방 기계 역할을 하다 결국 방전됐다. 기계도 버티지 못하는데 수십 일을 싸우고도 어디서 힘이 났는지 조합원과 학생들이 무반주에 춤을 추기 시작했다.

통째로 가져온 소 한 마리처럼 쌓여 있던 돼지고기가 동이 나도 파티

최저임금의 벽을 깬 연합 투쟁. 용역업체는 물론 원청과 상대한 승리라 기쁨이 더욱 컸다.

가 계속됐다. 풍물패가 장단을 치자 조합원과 학생들이 손에 손을 잡고 커다란 원을 그리며 빙글빙글 돌았다.

　노천극장 제일 윗좌석에서 내려다본 그 모습이 꼭 장미꽃 같았다. 거기서 장미꽃 향기가 흩날리며 퍼져 나가고 있었다.

　정말, 완연한 봄이었다.

8부. 그리고 그들은

다시 찾은 조합사무실에서

    파업이 끝나고 이 책에 쓸 사진을 찾으러 조합사무실을 찾았다. 조합 탈퇴를 위해 사무실을 찾은 노동자들이 먼저 와 자리를 잡고 앉아 있었다. 그곳에서 개인적인 사정 때문에 집회에 참여하기가 힘들고 그럴 때마다 동료에게 미안한 생각이 들어 탈퇴하겠다는 말, 노동조합 자체가 마음에 들지 않는다는 말, 거기에 대꾸해 결정을 돌리려 설득하는 말들이 어우러지고 있었다.

    생각해보면 노동조합이 늘 모든 사람의 지지를 받으며 화기애애했던 것은 아니었다. 때로는 조합원들 간에 의견충돌이 있기도 했고 어떤 날은 학생들과 조합 간에 의견 차이가 있기도 했다.

    노동조합이 목표로 잡고 해결하려 했으나 끝내 성과를 보지 못한 문제들도 남아 있다. 학교와 노동자들을 잇고 있는 보이지 않는 연결고리는 드러났지만, 학교는 여전히 노동자들과 자신들의 법적으로는 아무런 관계가 없다는 입장을 반복하고 있다. 이른바 원청사용자성을 둘러싼 문제들이 여전히 숙제로 남아 있는 것이다. 또 이 문제에 대한 전반적인 공감대도 미완성이라 할 수 있다. 학생들의 광범위한 지지가 청소노동자들에 대한 동정인지 아니면 사회적 연대인지는 불분명하다.

연세대 분회의 미래가 창창하다고 확신하기도 힘들다. 연세대 분회의 조합원들의 나이나 상황을 고려해보면 연세대 분회의 구성원이 지속적으로 교체될 것이 뻔한데, 그 와중에 어떻게 노동조합의 고민이나 활동의 연속성을 만들어 낼지에 대한 대비책은 부실한 편이다. 게다가 아직 우리 사회는 고령 노동자들이 자신의 목소리를 낼 수 있도록 하는 교육 루트를 가지고 있지 않다. 컴퓨터에도 글에도 익숙하지 않은 노동자들이 완전히 주체적으로 노동조합을 꾸려가기 위해서는 이 부분에 대한 작업이 필요하다.

이런 생각을 하고 나니 우리가 책을 너무 쉽게 썼다는 생각이 들었다. 책의 내용은 아름답고 화려하지만, 그 아름다움이 늘 위태로운 것이 현실이다. 연세대 분회를 벗어나면 더 그렇다. 여전히 끝이 보이지도 않고 관심 받지도 못하는 싸움을 하고 있는 사람들이 있다. 투쟁하는 노동자나 진보적인 생각에 대한 공격적인 인식도 팽배하다.

이런 상황에서 우리가 만약 책을 여기서 끝맺는다면 연세대 분회에 오히려 독이 될지도 모른다. 우리 자신에게도 그렇다. 영웅담은 될 수 있을지 몰라도 시간이 흘러도 자랑스러운 기억으로 남을 수는 없을 것이다. 그래서 내용을 추가하게 됐다. 이 챕터는 말하자면 앞의 글에 대한 우리의 반성이고 현실에 대한 우리의 주장이다.

　우리가 겪은 일을 가볍게 풀어내는 것과 달리 사회적인 문제와 우리에게 닥친 문제를 분석하고 해결하기 위한 글을 쓰는 일은 굉장히 어려웠다. 이 장이 조야하고 거친데다 별다른 유의미한 주장을 하지 못하고, 문제를 일별하고 일반적인 접근을 하는 것에 그친 이유는 전적으로 글을 쓰는 우리가 그 숙제를 해결할 능력이 없기 때문이다. 이 책의 완결과는 별개로 이에 관한 고민을 계속할 것임을 약속드린다.

세 개의 생각

생각 하나 - 그녀에게서

　화장실을 바쁘게 지나가는 학생들 사이로 쓰레기를 주워 담는 그녀의 옹송그린 몸에서, 학교와 용역업체에 대해 이야기하며 열을 올리다가도 푸른 청소복을 입는 순간 이내 안개처럼 사라져버리는 그녀에게서, 그래서 매일 마주쳐도 알아보는 이 하나 없는 희미한 그녀의 얼굴에서. 나는 다른 것을 찾고 있었다.

　청소복을 벗고 집으로 향하는 버스에 오르는 그녀를 보면 나는 집으로 돌아가 설거지와 빨래를 하고 저녁 반찬을 만드는 익숙한 모습을 상상했고, 우련한 눈망울로 그녀의 뒷모습을 열없이 좇기도 했다. 나는 청소 노동자인 그녀에게서 '어머니'의 모습을 찾고 있었다.

누군가를 '어머니'라고 부르는 순간, 어떤 논리나 옳고 그름의 문제가 아니라 감히 넘볼 수 없는 감정적 정당성이 관계의 한복판에 자리 잡는다. 어머니는 자애롭고 부드럽고 보호받아야 할 존재로 인식되어 왔기에 이들의 투쟁은 종종 더 많은 사람의 지지와 연대를 불러일으키곤 한다. 사실 그들 각자에게 무수한 차이와 갈등이 있지만, 우리는 굳이 그 너머에서 어머니를 찾는다. 어머니는 만인을 아우른다.

그래서일까 학생들이 청소 노동자 문제에 관심을 가지고 관계를 맺게 되는 계기는 감정적인 것에서 비롯된 경우가 많다. 사회의 부조리함에 대한 비판과 참여의식보다는 '어머니 같아서'라는 미묘하고도 뭉클한 감정의 발로가 학생과 노동자를 잇는 첫 통로가 되곤 한다. 갓 세상에 눈을 뜬 혈기왕성한 대학생들은 어머니 같은 사람들이 열악한 임금과 노동 조건으로 착취당하는 모습에서 동정과 연민을 타고 넘어 분노까지 이른다.

우리가 연세대 분회를 만들자고 학교를 돌아다닐 당시에도 그랬다. 우리는 그녀들을 어머니라 부르곤 했다. '노동자'라는 말은 왠지 딱딱하고 친해지기에 불편해 보였고, 누구누구 씨라고 호칭하는 것은 버릇없어 보일 것 같았다. '어머니'는 부담 없고 편했다. "어머니 커피 한 잔만 하고 갈게요." 그렇게 너스레를 떨며 자리를 비집고 들어앉던 우리. 비슷한 나이의 자식을 두었을 그녀들도 돌연 어머니 같은 마음이 되어 우리를 휴게실 안으로 받아들였을지도 모른다.

연세대 청소 노동자들은 대개 한 가정의 어머니일 것이다. 사회에서 부당하게 착취당하고 비인간적인 대우를 받는 노동자들도 집으로 돌아 가면 엄연히 한 사람의 아내이고 어머니라는 지극히 당연한 사실을 부 각하는 것은 분명 유리한 측면이 있다. 그녀들의 어머니성은 사회의 보 편적, 인도적 감정에 호소하여 분노를 일으키고 투쟁의 심지에 불을 붙 이는 발화점이 되곤 한다.

그러나 그녀들의 어머니성은 동전의 양면보다는 양날의 칼에 가깝 다. 연세대 청소 노동자들의 투쟁은 크게 두 개의 중심축을 가지고 있 다. 하나는 간접 고용 비정규직이라는 교활한 형태를 만들어 삶을 이중 삼중으로 짓누르는 거대한 사회적 구조이다. 이 축은 그녀들이 '노동 자'라는 사실에서 생겨난다. 다른 하나는 집 안에서도 집 밖에서도 그 녀들을 '어머니'라는 역할 속에 가둬놓는 성 역할 이데올로기이다. 이 걸 이겨내지 못하면 청소 노동은 당연히 여성이 해야 할 쉽고 부수적인 노동으로 전락한다. 집안에서 어머니의 무보수 가사 노동이 당연하다 고 여겨지는 것처럼 청소 노동을 고령의 여성 노동자들이 저임금으로 전담하는 것이 당연한 일이 되어버린다. 이 축은 그녀들이 '여성'이라 는 이유에서 발생한다.

그러니 청소 노동자들을 바라보는 우리의 시선이나 그녀들을 다루는 사회적 시각이 어머니에 머무는 한, 우리는 본질을 보지 못한다. 어머 니에 대한 판타지는 그녀들을 노동자가 아닌 어머니의 위치에 줄곧 머

무르게 한다. 그 속에서 그녀들은 일하는 노동자가 아니라 반찬값 벌려고 나온, 자식 등록금 보태려고 나온 어머니가 된다. 그녀들이 당하는 착취는 노동자를 억압하는 사회 구조적 폭력이 아니라, 힘없는 어머니들에게 가해진 패륜이나 가정폭력으로 둔갑한다. 결국 그녀들의 투쟁은 노동자의 정당한 투쟁이 아니라 어머니들의 미약하고 안쓰러운 저항이 되고 만다.

사실 어머니라는 이유로 감수해야 하는 가정 안에서의 가사 노동과 감정 노동은 그녀들이 빠져나와야 할 또 하나의 지난한 질곡이다. 이 판국에 청소 노동자들의 투쟁과 이에 연대하는 학생들의 모습이 불쌍한 어머니와 분연히 들고 일어난 자식들로 비친다면, 그녀들의 해방은 더 요원해질 것이다. 자칫 잘못하면 그녀들에게 덧씌워진 '어머니'의 얼굴은 이들을 조여 맨 억압의 고리를 푸는 열쇠가 아니라, 오히려 움직일수록 더욱 살을 파고드는 족쇄가 될 수도 있다.

우리에게도 '어머니'라는 호칭은 양날의 검이다. '어머니'에서 촉발된 감정은 시혜적인 모습을 띠고 나타난다. '어머니 같고, 불쌍하니까 도와드려야 한다'라는 생각은 우리의 연대를 불평등하게 만든다. 비정규직 같은 사회문제는 특정 세대를 피해 가는 문제가 아니고 행복에 대한 욕구도 누구에게나 있다. 누구나 원하는 행복에는 남들과 평등한 대우를 받을 때 가질 수 있는 행복도 있다. 따라서 사회 구조에 저항하는 투쟁은 모두의 몫이고 그 투쟁의 형태는 평등해야 한다.

흩어져 각개 고투해서 성공해야 너라도 살아남는다는 식의 무섭기도 하고 설핏 매력적이기도 한 경고가 이 사회에서는 시도 때도 없이 들려온다. 그때마다 '뭉침'에 대한 의심과 불신이 아랫배 창자에서부터 스멀스멀 기어 나온다. 하지만 혼자 살아남으려 발버둥을 칠수록 우리는 늪에 빠지고 주변은 진창이 되어간다. 사람들 사이에서 살아가기에 인간(人間)이라는 말을 붙였다는 옛이야기에 조금이라도 일리가 있다면, 그 아귀다툼에서의 승리는 결국 우리를 짐승으로 만들 뿐이다. 그것에 대항하는 투쟁이 불평등하다면 이미 시작부터 잘못된 셈이다.

정말 필요한 것은 내가 베풀거나 남에게서 받는 시혜적이고 일방적인 도움이 아니라 평등한 인간사회를 향한 호혜적인 연대다. 우리가 원하는 세상은 사람을 먹고 돈이 자라는 세상이 아니라, 모든 사람이 사람으로 자라고 바로 서는 세상이니까.

생각 둘 – 각자가 할 수 있는 만큼, 발 딛고 선 그 지역에서

첫 투쟁이 일단락되고 마무리 회의가 있던 날의 일이다. 자리에 참석한 대부분의 학생에게는 이번 투쟁이 첫 승리였다. 덕분에 회의를 시작하기 전 모두가 조금은 달뜬 마음을 안고 있었다. 밝은 표정, 밝은 목소리로 승리의 기억을 더듬고 있었다. 몇 번을 이야기해도 질리는 줄 몰

랐다. 곱씹고 곱씹고 또 곱씹으며 즐거워하고 있었다. 그러던 중 차분한 표정의 상근자가 양해를 구하고 연단에 올라갔다. 회의 진행에 앞서 다 같이 봤으면 한다며 영상 하나를 틀었다.

영상 속에서는 나이 지긋한 청소 노동자들이 본관을 점거하고 있었다. 우리가 본 것과 별로 다르지 않은 교직원들의 무관심하거나 때로는 적대적인 모습도 보였다. 익숙한 광경이었다. 며칠 전까지의 우리 모습처럼 보였다. 그러나 어딘가 미묘하게 분위기가 달랐다. 등장하는 청소 노동자들도, 보다 젊은 노동조합 활동가도 우리보다 더 피곤하고 절박해 보였다. 캠코더를 손에 들고 찍은 영상인지라 화면이 자꾸 흔들리는 탓도 있었겠지만 그 때문만은 아닌 것 같았다.

피곤함과 절박함의 정체가 무엇일까. 신경을 바짝 곤두세우고 영상에 집중하던 중 드디어 익숙하지 않은 광경이 펼쳐지기 시작했다. 학교에서 부른 용역업체의 직원과 학생, 교수, 교직원들이 한데 모여 조합원들의 앞을 가로막았다. 왜소한 여성 노동자들과는 대조적으로 건장한 남성들이었다. 그들의 표정에는 적대감이 역력했다. 어디에선가 어서 빨리 조용히 나가시라는 말이 들렸다. 나이 먹고 창피하지 않느냐는 비아냥거림도 들려왔다. 위협과 모욕을 당한 노동자들의 얼굴에는 침통함과 절망감과 분노와 답답함과 고립감이 범벅이 되어 떠올랐다.

대치는 곧 물리적인 충돌로 이어졌다. 한 무리의 사람들이 노동자들을 끌어내려고 달려들었다. 화면은 금세 아수라장이 되었다. 악다구니를 쓰는, 울부짖는, 문고리를 잡고 못 나간다고 버티는 노동자들. 그리고 거칠게 몸싸움을 벌이는 노동조합 활동가들. 캠코더는 그에 맞춰 사방으로 요동쳤다. 정확히 알아볼 수 있는 영상은 사라지고 비명에 가까운 소리만이 들려오기 시작했다. 화면이 다시 돌아왔을 때, 노동자들은 건물 밖으로 밀려나 있었다. 밖으로 밀려난 노동자들이 애써 마음을 다잡으며 허탈한 듯, 결연한 듯, 긴장한 듯 묘한 표정을 짓고 다시 본관으로 들어가려 채비하는 순간 영상이 끝이 났다.

화면이 꺼진 회의장 안의 분위기는 순식간에 가라앉아 있었다. 영상을 틀어 준 연세대 담당 활동가는 영상이 C대학의 상황이라는 설명과 함께 연세대에서도 언제 이런 일이 일어날지 모르니 학생들의 지속적인 연대가 필요하다는 말을 꺼냈다. 노동조합 결성도 중요하지만 노동조합 결성 이후가 더 중요하다는 깨달음과 이후의 연대에 대한 어렴풋한 각오 사이로 뭐라 말하기 힘든 감정이 솟아올랐다.

사실 그렇게 달뜬 기분이 아니었다면 영상이 시작하는 순간 등장인물의 피곤함과 절박함의 정체를 알아챘을지도 모른다. 우리 기억 속에 다른 투쟁에서 만난 사람들은 대개 연세대보다는 C대학과 가까운 모습을 하고 있었다. 투쟁 사업장은 아무래도 기쁘고 즐거운 사연보다는 아프고 슬픈 사연이 많은 곳이었다. 가까이는 이랜드와 명지대가 그랬다. 양 사업장의 투쟁이 각각 500일과 200일을 넘겨가며 진행되는 동안 조합원들은 때로 공권력과 용역의 투입 때문에, 때로 가족들에 대한 미안함 때문에, 때로 언제 끝날지 알 수 없는 상황 자체 때문에 참 무던히도 힘겨워했다. 멀리 우리의 시선이 가닿지 않는 곳들도 비슷하다고 들었다. H대 지방 캠퍼스의 청소 · 경비 노동조합은 학교와 용역업체의 방해를 끝내 뚫지 못하고 공중분해 됐다. 그 과정에서 노동자 한 명이 자살하기까지 했다. 지금은 그곳에서 무슨 일이 있었는지, 아니 애초에 그런 일이 있기는 했는지 알 길이 없다.

이 모든 것이 엄연히 이 시대에 이 땅에서 수도 없이 되풀이되고 있는 일이었다. 그러나 우리는 그 일을 피해 갔다. 대체 무엇이 다른가? 연세대의 투쟁과 J대의 투쟁, H대의 투쟁은 무엇이 다른가? 누구의 삶이 더 중하고 누구의 삶은 덜 중한가?

아마도 차이가 있다면 우리가 일을 벌인 장소였을 것이다. 연세대 청소 노동자들의 투쟁은 연세대에서 일어난 일이기 때문에 조명 받을 수 있었다. 우리의 투쟁은 기자들이 알아서 찾아왔다. 곧 언론에 소개되면서 자연스레 사회적 의미를 획득했다. 연세대를 덮고 있는 위광의 크기가 학교의 활동 반경을 좁혔다. 반대로 조합원과 우리들의 활동 반경을 넓혔다. 조직화를 막 시작하던 때에서 최근의 투쟁에 이르기까지 우리는 그 덕을 톡톡히 보아왔다. 그러나 누구도 조명하지 않는 지방의, 혹은 작은 사업장의 투쟁은 단 한 번도 주목받지 못한 채 판판이 깨져나가곤 했다. 여기서는 그 흔한 기자들이 거기서는 발길 한 번 없다. 언론과 시민들이 눈을 부릅뜨고 지켜보며 지지를 보내는 것만으로도 그렇게까지는 되지 않았을 일들이 지금 이 순간에도 수도 없이 일어나고 있다. 이 지독한 서울 중심주의, 이 지독한 학벌 중심주의. 아픈 고백을 한다. 우리도 자유롭지 못했다. 이제 와 뼈아픈 반성을 한다. 아직도 우리는 완전히 벗어나지 못한 듯하다.

분명히 연세대 청소·경비직 노동조합이 피워낸 장미는 그 자체로 아름답다. 그러나 각자의 저항만큼이나 각자의 저항에 연대하는 것이 중요하다. 이상한 표현처럼 들릴지 모르겠지만 연세대 노동자들이 받았던 지지와 연대를 나누고 흩뜨릴 필요가 있다. 연세대에서 거둔 성과가 그것만으로 끝이라면, 앞으로도 지지가 청소 노동자들에게 집중되고 언론의 관심이 연세대 같이 상징성 있는 곳에만 쏟아진다면, 연세대 청소 경비 노동자들이 피워낸 장미꽃의 향기는 얼마 가지 않아 사그라져버릴 것이다. 향기 없는 꽃은 만발하여 세상을 덮는 들판을 이룰 수 없다.

더 넓고 더 많은 연대가 필요하다. 그리 어렵지 않으면서도 할 수 있는 일들은 많다. 각자가 제 삶의 범위 안에서, 자신이 발 딛고 선 바로 그 지역에서 할 수 있는 일들을 찾으면 된다. 재능 같은 사업장에 투쟁기금을 후원할 수도 있고, 퇴근 후에 잠깐 집회에 참여하거나 투쟁 중인 천막을 방문할 수도 있다. 인터넷에 글을 쓰거나 댓글을 달 수도 있고 올바르다 생각하는 정당에 가입하거나 투표할 수도 있다. 가족들에게 이야기를 들려주거나 맥주 한잔을 마시며 친구들을 설득하는 길도 있다. 어쩌면 바로 자기 문제를 해결하려는 노력이 이런 사회적 연대로

더 넓고 더 많은 연대가 필요하다. 꼭 거창한 일이 아니더라도 자기의 문제를 해결하려는 의지 만으로 사회적 연대가 가능하다.

이어질지도 모른다. 이 모든 길이 생각보다 어렵지는 않다.

사실 이런 행동이 당장 승리나 변화를 가져오진 못할 가능성이 높다. 그러나 향기가 퍼지는 한, 언젠가는 새로운 꽃이 핀다. 조금만 꿈을 꿔 보자면. 혹시 누가 아는가. 연대하는 우리가 하나 둘씩 늘어가는 사이 고개를 들어 문득 주위를 둘러보았을 때 어느덧 장미꽃이 만발하여 세 상을 덮고 있을지.

생각 셋 － 그들에게서

알고 보면 악역을 맡은 사람들에게도 각자의 사정이 있다. 한번은 임금 협상 자리에서 끈질기게 최저임금을 주장하는 용역업체 직원에게 욕설과 별반 차이가 없는 험한 말을 쏟아낸 적이 있다. 상대는 삼십 대 초중반이었다. 이십 대 새파란 학생의 시퍼런 말들을 들으면서 그는 질린 표정을 지어 보였다.

협상을 끝내고 나가면서 잠깐 이야기를 나눴다. 나도 미안한 참이었고 그도 변명하고 싶어했다. 그는 자기도 키우는 아이가 있어 좋으나 싫으나 직장을 다니는 형편이라고 했다. 나는 약한 모습을 보일 수가 없어 끝내 상황이 상황이니 서로 이해하자는 말로 사과를 대신했다.

조합원들에게는 악마같이 묘사되던 교직원들도 당연히 사정이 있었다. 우리와 어쩔 수 없이 마주쳐야 하는 총무처 직원들은 상황에 대한 결정권자와 우리들 사이에서 손 쓸 방법도 없이 난처한 일을 겪어야 했다. 위에서 결정이 나지 않으면 우리와 함께 날밤을 세웠고 상황이 해결되지 않으면 양쪽에서 된서리를 맞았다. 우리 입버릇은 "그래도 조합원들에게 한 짓을 보면 용서가 안 된다"였지만, 조합원들은 "지들도 먹고 살라면 어쩔 수 없겠지." 하며 이해하곤 했다.

사실 그들과 우리의 대치는 일종의 대리전이었다. 원래 부딪쳐야 할 것은 비정규직을 만드는 사회 구조와 그에 대항하는 사회 구성원들이었다. 좀 더 넓혀보자면, 정말 편을 가르자면 먹고 살자고 하기 싫은 일을 억지로 해야 하는 사람들과 그렇게 만드는 세상으로 갈라야 했다. 그러니 연세대에서 부딪혔던 양자는 서로에게 쑥스럽고 미안할 수밖에 없다.

많은 일이 비슷하다. 우리는 보통 문제의 원인을 사람에게서 찾지만, 실제 문제는 어떤 개인이 어떻게 할 수 없는 경우가 대다수다. 가해자는 처벌받아야 하겠지만, 한 가해자를 매장한다고 비슷한 범죄가 사라지지는 않는다. 이 책에 등장하는 사람들의 투쟁도 이 사회에 앞으로 있을 투쟁도 우리가 지금 느끼는 개인적인 문제도 거의 다 궁극적으로는 구조적인 문제다.

활동하면서 책을 쓰면서 가끔은 어쩔 수 없이 어떤 개인을 문제 삼는 경우도 있었다. 그러면 좋은 결과가 나도 마음 한편에 이상한 찜찜함이 생기고는 했다. 그래서 이후로는 가능하면 구조와 싸우려고 노력했다. 최저임금, 간접 고용, 비정규직 같은 단어들을 많이 쓴 이유도 그래서다.

비정규직 노동자들을 막아서는 정규직 노동자들의 얼굴이 행복해 보인 적은 없다. 싫으나 좋으나 하는 수 없이 대치해야 해서 서로 민망한 사람끼리 열을 올리는 일이 더는 없었으면 좋겠다. 그러려면 우리에게 주어진 문제가 사회적인 문제임을 먼저 알아야겠고, 우리 싸움의 목표를 사회 구조를 바꾸는 데 둬야 한다. 그리고 끝내는 바꿔내야 한다.

마지막으로 누군가에게

이제 이 책이 거의 끝났다. 본문으로 치면 사실상 지금 이 글이 마지막이다. 그냥 헤어지기는 아쉬우니 다음에 만날 약속을 했으면 한다. 그런데 우리는 얼굴도 모르고 언제 어디서 만날지 정확하지도 않다. 그러니 만나면 알아볼 수 있는 드레스코드가 필요할 것 같다. 음, 꽃이 좋겠다.

각자 향기나 모양새가 마음에 드는 꽃을 가슴에 품고 삶의 어딘가에서 다시 마주치길, 그때 서로의 꽃을 확인하며 따뜻한 인사를 주고받길, 그리고 그날까지 건강하고 행복하길.

부록. 또 다른 이야기들

이곳에는 연세대 분회의 투쟁에 함께 했던 다른 사람들의 글을 싣습니다. 우리는 이 책이 온전히 우리 셋의 힘으로 쓰여진 것이 아니기에 마땅히 이런 공간이 필요하다고 생각했습니다. 조합원, 지역활동가, 멀리서 응원을 보내던 학생까지 되도록 다양한 사람들의 글을 실으려 했습니다. 이를 통해 책의 본문만으로는 전할 수 없었던 연세대 분회 투쟁의 또 다른 의미와 이야기들이 전해진다면 좋겠습니다.

끝으로, 기꺼이 글을 보내주신 분들께 이 지면을 빌어 감사의 말을 전합니다.

그리운 고향

이 점 례

| 한글 교실 학생, 연세대 분회 조합원 |

내가 어린시절 꿈을 키우며 자라온 산골 마을

앞을 보아도 뒤를 돌아보아도 산이 병풍인 양 서 있고 그 사이로 도랑물이 흐른다

그곳에 조용하고 아늑한 조그마한 마을

인정 많고 순박한 동네 사람들 지금도 변함없이 잘들 있겠지

봄이 오면 앞산에 진달래 만발하고 양지바른 묏등 잔디 위에 허리 굽은 할미꽃이 피겠지

손에 손을 맞잡고 쏘다니면 고사리 산나물 도라지 캐던 그리운 내 동무들 지금은 엄마 되고 아빠 되어 고달픔과 행복의 교차로에서 그리운 고향을 생각하며 눈 주위에 잔주름 생겼을 거야

그래도 어린 시절 그리워하겠지

아무리 발버둥 쳐보아도 돌아갈 수 없는 어린 시절의 고향

지금도 변함없이 그 자리에 서있고 도랑은 흐르건만 언제나 마음속에 살아서 숨 쉬는 산골 마을

봄에 뻐국새 여름 오면 듬뿍새 가을되면 천지바카리 산국화
자연과 사람이 어울려 살아온 그리운 시골 동네 내 고향

돌아가고파 삼산 마을

어머니

류 하 경
| 전 살맛 회원 |

어머니,

3년 전 노동조합 출범식이 있던 날 어머니 앞에서 이제 조합원님이라 부르겠다고 했습니다. 이제 동지라 부르겠다고 했습니다. 그러나 어머니에게 부치는 편지이니 어머니라 하겠습니다.

어머니 기억하나요? 2006년 가을에서 2008년 겨울까지의 시간들이요. 그 이후에도 어머니는 힘차게 싸웠지만 저는 학교를 떠나버렸고 지금은 알량한 제 공부한답시고 광주에서 그럭저럭하며 살고 있습니다.

세상에는 말로 다 지어지지 않는 것들이 참 많습니다. 어떤 말로도 다 지어지지 않는 우리들 그 시간들과 감정들 역시 그러합니다. 그런데 어머니……라 나지막이 읊조릴 땐 비슷하게나마 그것들을 다시 느끼곤 합니다. 그리 부르면서 얽히고설켜 지내던 시절이 여전히 가슴에 가득 차 있기 때문일 거예요.

하루는 어머니가 된장찌개에 든 멸치 한 마리를 자식 수 대로 잘게 찢어 먹이던 시절을 이야기해주었고, 그 아이들이 다 자라 대학을 졸업했는데도 당신은 여전히 국물 우려낸 멸치를 찢어 먹는다고 말했습니다. 변함없이 가난해도, 그래도 집에 자식 손자들이 오면 할머니라 대접해주고 지긋지긋하게 같이 늙은 아저씨도 이제는 곧잘 안방 청소를 해놓곤 한다고 좋아했습니다.

근데 이놈의 직장에만 오면 찢겨진 멸치 조각만큼도 대우를 받지 못하니 노동조합을 만들어서 사람대접 좀 받아보자고 했습니다.

그렇게 어머니와 함께 지내던 2, 3년 동안 나는 많이 무너졌습니다. 지금도 여전히 가짜이지만 그때는 하루하루 절벽이 내리 깎이듯, 가짜이던 내가 무너지던 날들이었습니다. 아침에 눈을 뜨는 것이 신나거나 무서웠습니다. 최상의 집중력을 잃지 않으려 애를 썼습니다. "가만있어보자. 집중하자." 혼잣말이 착란처럼 반복됐습니다.

기를 쓰고 답답해하다가 잠깐씩 차분해지곤 하던 일상이 이어졌고 무너지는 절벽 끝자락에서 손톱으로 땅을 박박 기었습니다.

어머니, 요즘 젊은이들은 많이 늙었습니다. 어머니와 떨어져 있고 난 후부터 나도 갑자기 늙어가는 것을 느낍니다.

이도 저도 아니게 그야말로 일상을 이어가는 지금 시건방지게도 몇 년 전 그때를 더듬어보니 저는 무척 젊었습니다. 왜냐하면, 노동조합을 만들자던 어머니의 눈을 내가 닮아있었기 때문입니다. 어머니의 강렬한 그 젊음을, 내가 그 젊은 어머니를 닮아 있었기 때문입니다.

제가 가지고 있는 사진 한 장이 있습니다. 2008년 한여름 장마의 어느 한가운데 잠시 맑은 날, 대학로 어딘가에서 집회를 금방 마치고 돌아가는 어머니와 우리들의 뒷모습입니다. 거기엔 빗물과 태양을 잔뜩 머금어 푸드덕거리는 가로수가 양쪽에 있습니다. 우리는 티셔츠와 반바지를 대충 입고 슬리퍼를 끌며 어딘가로 가고 있습니다. 오늘은 이제 또 어딜 가서 무얼 할까 이런 얘기나 하다가 걸리는 돌멩이를 하나 툭툭 차보았을 것 같습니다.

어머니는 뜨겁게 젊습니다. 사진 속의 나와 또래들은 그 젊음에 모두 젊어 있습니다.

어머니와 친구들이 살아서 춤추는 생생한 머릿속 기억들. 잊고 싶은 상처에 대한 이야기들. 짜릿한 승리의 경험과 이어진 우리만의 축제들.

어디 아무 곳이나 꺼내어 더듬어도 언제든 단전이 울컥 뜨거워집니다.

어머니. "아름답다"라는 우리말은 "앓다"에서 나왔다고 하네요. 잔뜩 앓고 난 후 차분히 정화된 이의 경이로운 그 모습을 옛사람들은 어찌 그리도 잘 말하였는지요. 어머니는 아름답습니다. 함께했던, 지금도 함께하는 우리 친구들도 아름답습니다.

제 이십 대가 아프고 기쁘고 슬프고 벅찼던 것은 거의 모든 이유가 어머니와 함께 젊었기 때문입니다.

용감한 일은 두려움이 없는 것이 아니라 두렵더라도 하는 것이라고 어머니가 제게 알려준 적이 있습니다. 어머니는 어디서 그렇게 멋진 말을 알았을까 하는 생각과 함께 그렇게 용감한 사람은 바로 어머니라는 것을 나는 대번에 알 수 있었습니다.

영원히 젊어 있는, 용감하고 초원처럼 아름다운 어머니의 눈이 보고 싶습니다.

어머니. 책상 맡에 앉아 관념적인 글자들과 헛씨름만 하고 있는 이즈음, 비겁함이 유혹하는 한가운데에 나는 있습니다.

나약한 나는 어머니의 눈이 무척 보고 싶습니다.

또 다 른 이 야 기 들

253

내려가자

안 인 주

| 마이너를 응원하는 룸펜 대학생 1인 |

휘넘(Houyhnhnm)과 릴리퍼트(Lilliput)를 가로지르는 산맥 어느 언저리에, 구름의 엉덩이를 찌를 것 같이 솟은 첨탑이 있었다. 그곳은 아침부터 다음 날 아침까지 세상의 모든 것을 살펴볼 수 있는 유일한 곳이었다. 바다의 등대처럼, 육지에서 길 잃은 사람들의 북극성이 되기도 했다. 곧 그곳은 아무도, 아무것도 침범할 수 없는 신성불가침의 영역이 되었다.

본래 릴리퍼트 사람이 아니었던 힘센 거인 걸리버는 첨탑을 자신의 소유라며 첨탑 주변의 소인들을 내쫓았다. 걸리버는 아주 멀리서 첨탑을 향해 기도를 드리는 릴리퍼트 사람들이 보이면 이내 손을 뻗어 머리를 집어 올리고는 뒤집어서 돈을 털어냈다.

첨탑 맨 위층에는 한 소년이 살고 있었다. 소년은 말을 배우기 전부터 병마와 싸워야했다. 그 과정에서 소년은 시력을 잃었다. 그렇지만 병마는 고무줄처럼 쉽게 끊어지지 않았고 어디를 가도 소년을 따라왔다. 소년의 부모님은 결국 그를 첨탑으로 데려갔다.

걸리버는 거액의 돈을 받고 맨 위층의 방 한 칸을 내주었다. 첨탑에 들어선 순간 소년의 시력은 회복되기 시작했지만 방은 자연광조차 거부하는 어둠으로 들어차 있었다. 소년은 앞을 볼 수 있는 처지가 되었다는 것을 알아채지 못했다. 거울도 없었다. 가끔씩 행로를 이탈한 빛줄기 몇 자락이 눈에 밟힐 때가 있었지만 소년은 자신의 모습을 볼 수 없었다. 소년은 빛줄기를 뇌주었다. 도망가는 빛줄기들 뒤로 소년은 정적과 대화를 나누었고 바람 소리에 귀를 기울였다. 소년의 성장기는 풍성한 음식이 함께 했지만 자신이 얼마나 자랐는지 확인할 수 없었다.

첨탑 주인인 걸리버는 너무 크기 때문에 첨탑에 들어갈 수 없었다. 그는 소인들을 붙잡아왔다. 그에게 있어서 그건 두 손가락만 꼼지락대면 가능한, 첨탑 청소보다 쉬운 일이었다. 잡혀온 소인들은 첨탑 청소를 하면서 걸리버의 감시를 받아야했다. 의식주가 제공되었지만 걸리버는 거기에 많은 돈을 들이지 않았다. 반항하면 내쫓고 다른 소인을 잡아오면 그만이었기 때문이다. 소인들은 배가 고프고 추워도 참아야했다.

그러다 첨탑 옥상 청소를 맡은 소인 한 명이 떨어져 죽었다. 사실, 옥상이라면 걸리버 자신의 손으로도 윤이 나게 할 수 있었지만 소인을 부리는데 익숙해진 걸리버는 굳이 소인 한 명을 옥상에 올려 걸레질을 시켰다. 난생처음 보는 높이에 당황한 옥상 담당 소인은 하루하루가 외줄타기였다.

달이 뜨건 해가 뜨건 걸리버는 소인을 내려주지 않았다. 비나 눈이 오는 날은 아무리 닦아도 더러워져서 걸리버에게 혼나기 일쑤였다. 걸리버는 미끄러운 바닥에 깔 장판조차 주지 않았다. 고된 일상에 힘이 빠진 그 소인은 눈이 오던 날, 걸리버가 깨기 전에 급하게 눈을 치우려다가 미끄러져 첨탑 밑으로 떨어졌다.

그 소식은 뉴스를 타고 릴리퍼트 전역으로 퍼져갔지만 왕은 거짓 소문이라고 단정 지었다. 그는 군대를 보내 걸리버를 내쫓자는 소수 의견에 동의하지 않았다. 그가 가진 것에 비하면 국경 지역의 탑 정도는 걸리버가 아니라 숲 속의 곰이 주인이라고 주장하든 말든 알 바가 아니었다. 그는 수도의 풍족한 생활에 만족했다.

이제 국경의 소인들은 왕의 군대를 기다릴 수만은 없었다. 첨탑 옥상에 또 누군가가 올라가야 했고 그게 바로 자신이 될 수도 있었다. 그들은 어떤 가치를 부르짖거나 정의에 부합하는 명목을 내세우지 않았다. 다만, 삶에 분개했을 뿐이었고 첨탑에서 떨어진 소인의 핏자국을 가슴속에 보관할 줄 알았을 뿐이었다.

새해가 시작되고 한 달이 되어갈 때, 그들은 너나 할 것 없이 첨탑 주변으로 모여들었다. 삼삼오오 모이기 시작한 군중 속에는 국경 사람들 외에도 멀리서 온 사람들도 있었다. 수가 늘어날수록 증가 속도는 더욱 빨라졌다. 그들이 걸리버와 대면했을 때, 걸리버의 콧방귀로 몇 명이 날아갔지만 자리를 지킨 소인들은 동아줄을 던졌다.

몇몇은 걸리버의 발을 타고 오르기 시작했고 몇몇은 돌을 던졌다. 아이들은 불을 피우고 걸리버에게 오줌을 쌌다. 여자들은 바늘을 던졌다. 그리고 걸리버는 운동회 날 청군, 백군의 박이 터지듯이 비명을 지르며 쓰러졌다. 약 1년의 시간이 걸렸다. 그 해는 소인들의 모임으로 시작해서 해산으로 끝났다.

그 날, 소년이 놓았던 빛줄기가 빛다발이 되어 첨탑을 강타했다. 소리 없는 망치질에 첨탑 내부가 흔들렸고 충치로 썩은 이가 빠지듯이 첨탑 상층의 돌 한 블록이 빠졌다. 해일처럼 쏟아지는 빛에 소년은 눈을 찌푸렸다. 작게 뜬 눈 사이로 빛의 소용돌이가 약해지고 쓰러진 걸리버가 보였다. 주위에는 과자에 꼬인 개미 떼처럼 릴리퍼트 소인들이 인산인해를 이루고 있었다. 소년은 더욱 가까이 다가가 풍경을 바라보았다. 자신이 눈을 뜨고 있었다는 것조차 모르고 있었다는 걸 잊고 광경에 몰두하였다.

얼마나 집중했을까. 오라에 묶인 걸리버가 멀어지는 만큼 첨탑 아래로부터 소리는 가까워졌다. 문을 열어준 사람은 소년에게 손을 건넸다. 그의 손에는 거울이 쥐어져 있었다. 작은 거울이지만 소년이, 자기가 걸리버를 이고 가는 수많은 소인들과 같은 사람이라는 것을 알 수 있기에는 충분했다. 다음은 『걸리버 여행기 외전』에 나오는 「릴리퍼트 소년의 회고록」 중 일부를 발췌한 글이다.

눈이 멀 것 같았다. 병마가 다시 찾아올 것 같았다. 무서웠다. 그래도 이제는 여기
서 나가야 될 것 같다. 자유, 평등, 해방과 같은 추상적 가치들은 배운 적이 없었고
희망에 목을 메어본 적도 없었지만, 분명한 건 약동하는 삶은 언제나 그런 것들 앞에
서 달리고 있다는 것이다.

나, 취업준비생이 됐다

김 대 훈
| 전 살맛 학생, 취업준비생 |

노천극장 노동조합 사무실, 휴학생, 2008년 11월

"학생은 민주노총 인턴인가 보네." 학교와 계약한 용역회사 대표, 노조 대표, 그냥 학생인 나, 이렇게 삼자가 조합원 처우를 놓고 지겨우리만큼 긴 회의인지 다툼인지를 막 끝냈을 때, 사측 대표가 내게 말했다. '네가 세상을 뭘 아느냐? 학생이면 공부나 하지.'란 속마음으로 빈정거렸을 테지만 기분은 나쁘지 않았다. 나는 '하면 좋은 일' 따위가 아니라 '반드시 해야만 하는 일'을 하는 중이었고, 세상이 좀 더 살만해지려면, '내 생각만 하는 사람'보단 '남 생각하는 사람'이 많아져야 한다고 믿었다. 누군가 '참새가 어찌 봉황의 뜻을 알랴?'라고 했나? 그 정도 빈정거림은 무시해 줄 여유가 있었다.

연희동 자취방, 백수 D-1개월, 2011년 2월

3차 면접 땐 분위기가 좋았다. 면접을 앞두고 '솔직 콘셉트'로 나가기로 맘먹었다. '기자가 되면 뭘 가장 먼저 취재하고 싶나?'라는 면접관 질문에 '영도 크레인 위에 농성 중인 민주노총 김진숙 지도 위원을 인터뷰해서 기사를 쓰고 싶다.'라고 말했다. '휴학을 왜 했나?' 질문엔, '학교서 청소용역 비정규직 노동자와 연대활동을 했는데 짧은 시간이나마 올인 하고 싶었다.'라고 대답했다. 면접관들 표정이 묘했다.

최종 면접은 분위기가 나빴다. 그 회사의 임원들은 3차 면접 때 내가 대답한 내용을 물고 늘어졌다. "자기만의 의견이 강할 것 같은데, 본인 생각이 회사 생각과 반할 땐 어떻게 할 거냐? 부득이하게 정리해고 없인 회사가 희생할 수 없다면 어떻게 하나?" 날카로운(?) 질문이 날아왔다. 아버지에게 그 회사의 임원들이 '저쪽 편'이라고 누차 들은 지라 순간 어떻게 대답해야 할지 고민했다. "제 생각도 중요하지만, 회사의 의견이란 게 있으니……. 저 그게 노조와 회사가 잘 협의를 해서……." 속에 없는 말을 하자니 대답도 안 나왔다. 졸업식을 며칠 앞두고 그 회사에서 똑 떨어졌단 연락이 왔다. 학점 부족, 토익 부족, (언론사) 경력 부족, 모든 게 부족했겠지만, 면접관들 사이에서 결정적으로 '애를 뽑으면 노조 할 것 같다.'라는 말이 나왔다 한다. 어떤 임원은 '걘 딱 보니 운동권이야.'라는 말도 했다 한다. 내가 대학 생활 동안 뭘 하고 돌아다녔는지 단 한 번도 아버지께 말씀드린 적이 없는데, 그 아버지가 어디서 그리 듣고 오셨다면 말 다했다. 그날 밤, 내가 머리 굵어지고 나서는 싫은 소리 한 번 하신 적 없는 어머니도 역정을 내셨다. 친구들에게 소식을 전하니 나더러 '탈'이 안 좋다고 했다. 다들 '일단 잘 숨겨봐라.' 조언했다.

다시 연희동, 백수 5개월 차, 2011년 6월

시험에 지치다 보니 떨어진 예전 면접에서 어떻게 잘 대답했다면 붙었을 수도 있었겠단 후회가 들었다. 알량한 공명심으로 기자시험을 준비한 지도 꽤 되는데, 요놈의 자존심이란 게 생길 땐 쉽지만, 무너지는 것은 한순간이었다. 어려운 말론, 연작안지홍곡지지(燕雀安知鴻鵠之志), 쉬운 말론, '참봉NO'가 내 자존심이었다. 지금은 참새고 봉황이고 가물가물 하다. 지치고 힘이 든다. 이럴 땐 다시 집 밖에 나와 학교 노천극장 조합사무실로 가야만 한다.

또 다른 이 야 기 들

오랜만에 학교 가는 길인데, 나는 십수 번 인사해야 했다. 어떤 조합원은 얼굴과 이름이 연결이 잘 안 되는데 그는 내게 노조에서 봤다며, 우리 일을 돕던 학생 아니냐며, 먼저 인사를 한다. 졸업했다 하는데 밥 못 사주고, 선물 못 사줘 미안하다 하신다. 살맛 생활을 하는 동안 내겐 50대, 60대 친구가 많이도 생겼다. 요즘도 가끔 함께 놀러다니고, 경조사도 챙긴다. 친구 몇, 교수 몇 명과 관계를 맺는 보통 학생들은 상상할 수 없는 일이다.

조합사무실에선 김까탈, 김고함님이 나를 반긴다. 스트레스받아 살찐 것 아니냐며, 밥은 먹었느냐며 내게 말을 건네신다. 살이 쪘는데, 또 밥은 먹으라니. 대화는 특별하다. 그들도 자식들에겐 차마 못 할 얘기를 내게 하고, 나도 부모님껜 꼭꼭 숨겨온 속내를 말한다. 특별한 20대와 5,60대 세대 관계. 덕담 한마디도 빼놓지 않으신다.

"우리랑 같이 일했던 너니까, 뭘 하든 잘 될겨." 지금 나는 무너졌던 자존심을 세우고 집으로 돌아가는 중이다.

손자에게 보내는 편지

김 순 옥

| 연세대 분회 조합원. 한글 교실 학생 |

태령아 보아라.

할머니가 편지 보낸다. 5월에는 어린이날 태령아 학교 잘 다니고 공부 열심히 하여라. 밥 잘 먹고 착한 어린이가 되어라.

5월은 어린이 날 좋은 날이야. 재미있게 놀고 씩씩한 어린이가 되어야 한다. 태령아 형이랑 싸우지 말고 잘 놀아야 한다.

학교 열심히 잘 다녀줘서 할머니가 고마워. 우리 태령이 예쁜 손주. 비가 와도 학교에 잘 가고 그래서 태령이가 예뻐. 태령아 학교 친구들 하고도 사이좋게 놀아야 한다. 알았지 응.

태령아 할머니 말씀 아빠 말씀 엄마 말씀 고모 말씀도 잘 듣는 어린이가 되어라.

예쁜 우리 손주 공부도 더 잘 해라.

태령아 밥도 잘 먹고 씩씩하게 잘 뛰어 놀아야 한다. 그리고 선생님 말씀도 잘 들어야 한다.

우리 손주 할머니 안녕. 편지 (끝)

2010년 5월 3일 밤 9시

소박한 꿈과 가난한 연대

이 류 한 승
| 서울서부비정규노동센터 상임활동가 |

2011년 1월6일. 대한(大寒)이 소한(小寒) 집에 놀러갔다 얼어죽었다는 바로 그 소한 날이었다. 홍익대 문헌관 앞, 영하 12도의 혹한 속에 열린 집회에서 공공노조 홍익대 분회장 이숙희 씨는 큰절을 했다. 고마움의 표시였다. 노동조합을 만든지 한 달만에 학교에서 쫓겨나고, 지푸라기 잡는 심정으로 농성을 시작했을 때는 눈물이 나도록 막막했다. 그런데 얼굴도 몰랐던 학생들과 노동자들이 매일같이 찾아와 현수막도 걸고 집회를 함께 했다. 계좌에는 후원금이 답지되고 농성장 벽에는 라면이며 쌀 따위의 후원물품들이 쌓였다. 그 감동이 30년 만의 한파를 녹여주었다.

그날 저녁 공공노조 한 활동가에게는 멀리 부산에서 전화가 걸려왔다. 6년 전, 부산대에서 노조를 만들었다는 이유로 전원 해고되었던 청소·경비 노동자들, 그 중 한명이었다. 뉴스에서 홍익대를 보았다는 늙은 경비원의 말은 취기와 눈물로 범벅이 되어 두서가 없고 횡설수설했다. 홍익대가 뉴스에 등장하기까지 얼마나 많은 노동자들이 눈물 삼키며 거리로 쫓겨났던 것일까? 그 뉴스가 사람들 기억에서 사라진 후에는 또 어디서 똑같은 일이 반복되고 있을까?

청소 노동자들을 만날 때 그들의 삶과 노동을 앞질러 짐작케 하는 것은 바로 이름이다. 말자, 순순이, 복남이, 종말이……. 요즘 태어난 여자아이들에게는 더 이상 붙여지지 않을 이 이름들은 가난한 집에서 여자로 태어나 학교도 제대로 다니지 못했던, 오히려 오빠나 남동생을 뒷바라지하기 위해 어린 나이에 노동을 시작해야 했던 여성노동자들을 떠오르게 한다.

그들이 결혼하고 아이를 낳아 키우다, 어떤 이유에서건 다시 노동현장으로 돌아와야 했을 때 그들을 기다리는 일자리는 주방일과 청소뿐이었다. 그래서 평생 해왔던 것처럼 다른 이들의 밥을 짓고 그들을 위해 걸레질을 한다. 하찮은 일로 취급받으며 '밑바닥 인생'으로 무시당하고, 임금은 보잘것없는데 그조차 떼먹히기 일수지만, 사소한 사건으로도 언제든지 해고당할 수 있고 청소일을 하겠다는 사람은 널려있으니 수요공급의 법칙상 매우 타당하고 합리적인 대접인 셈이다.

그 길고 고단한 노동 생애의 끝자락에서 처음 노동조합을 만난 이들이 원하는 것은 무척 단순하다. 근로기준법의 조항들이 형식적이나마 지켜지는 것, 관리자의 전횡과 폭력에서 벗어나는 것. 그 최소한의 상식이 지켜졌다면 반공규율사회에서 평생을 살아온 보수적이고 충성심 강한 이들이 노조를 선택하는 일은 아마도 일어나지 않았을 것이다.

노동조합을 인정받는 것도 어려운 일이지만 그 노동조합은 겨우 출발점일 뿐이다. 한국의 자본가들은 유별나게 전투적인데 그 바탕에는 자신이 '월급주고 부리는' 노동자들을 동등한 인격체이자 교섭 상대방으로 차마 인정할 수 없는 봉건적 심성이 깔려있다. 50대 노동자가 일인시위를 한다고 불러다 '빳다'를 치기도 하고, 직원의 뺨을 슬리퍼로 때리는 것을 아무렇지 않게 여기는 경영자들이 보기에, 청소 노동자같은 '아랫것'들이 감히 노조를 만들고 내 권리를 내놓으라고 요구하는 것은 주종의 의리도 모르는 반역 행위인 모양이다. 그래서 성신여대 청소 노동자들이 해고 건으로 본관에 가서 항의했을 때 교직원 한사람은 이렇게 대꾸했다. "아줌마들이 먼저 우릴 배신했잖아요." '배신'이란 말이 이런 의미로 통용되는 대학가에서 가끔 청소 노동자를 대상으로 한 학생들의 막말이나 폭행

사건이 터지는 것도 크게 놀라운 일은 아니다.

이렇게 해서, 사람대접 받으며 일하고 싶다는 소박한 소망으로 노조를 시작한 늙은 노동자들은 자신도 모르게 한국 사회의 어떤 최전선에 서있는 스스로를 발견하게 된다. 자신들을 옥죄는 비정규직 간접 고용의 굴레를 벗지 않는 한 문제는 해결되지 않는데 용역과 하청으로 촘촘히 계열화된 자본의 질서는 너무 강고하다. 돈과 권력과 법이 모두 자본의 편인 상황에서 믿을 건 가난하고 힘없는 동료들의 단결뿐이다. 승자독식의 크고 아름다운 원리가 예외없이 관철되는 불안정노동의 벼랑 끝에서 최소한의 생존권을 지키려는 몸부림은 결국 견디기 어려운 극한 투쟁으로 이어진다.

그리고 학교 당국은 노조에 거액의 손해배상을 청구하고 연대하는 학생들에게 징계 통보를 하고 부모에게 전화를 걸어 당신 자식이 운동권이 된 걸 아느냐고 협박한다. 용역업체는 조합원들을 회유하고 윽박질러 탈퇴 공작을 벌이고 어용노조를 만들어 관리에 나선다. 감히 인간답게 살고 싶다는 꿈을 꾼 죄로 이제 청소 노동자들은 한국 사회의 통치원리, 그 추악한 속살을 철저히 배워야 한다. 이게 과연 그들만의 몫일까?

그래서 몇 년 전부터 활발해지기 시작한 청소 노동자들의 조직화 물결은 주목할 만한 가치가 있다. 공공노조와 학생, 사회단체들이 함께 기획한 대학 비정규 노동자 프로젝트는 여러 대학에서 노동조합 설립을 가능하게 했고 '따뜻한 밥 한 끼의 권리'란 캠페인으로 이어졌다. 고된 노동을 하고도 찬밥을 먹어야하는 청소 노동자들의 현실을 바꾸자는 생각에서 시작된 캠페인은 갈수록 영역을 넓혀가고 있다. 가사 노동의 연장으로 저평가되던 청소 노동에 대한 인식을 교정하고, 최저임금이 아닌 생활임금의 필요성을 제시하고, 실질적인 사용자인 원청의 책임을 요구하며, 나아가 직접 고용을 통한 고용안정과 노동권 보장을 이야기한다.

작지만 의미있는 성과가 나오기 시작하고 노동을 백안시했던 시민사회의 편협한 상식이 조금씩 바뀌고 있다. 가장 낮은 곳의 노동자들이 투쟁하며 온몸으로 학습한 것을 시민사회는 연대를 통해 다시 배우고 있는 것이다.

청소 노동자들의 황혼의 행진은 과연 어디까지 나아갈 수 있을까? 언제쯤이면 고령의 비정규직 여성노동자들도 안전하고 인간적인 노동을 보장받을 수 있을까? 아무도 모른다. 그러나 한 가지는 분명하다. 일단 시작한 운동은 수많은 사람들의 열망과 좌절을 먹고 성장하며 모든 예측을 넘어서 자신의 길을 스스로 열어간다는 것. 가장 작은 것 하나도 그만큼의 고통과 투쟁 없이는 얻어지지 않는 이 여정에 함께하면서, 이문재 시인의 시 「노독」의 다음과 같은 구절을 떠올려보아도 좋으리라. "함부로 길을 나서/길 너머를 그리워한 죄."

얘들아, 엄마를 부탁 말아라.
엄마는 지금 행복하단다.

김 희 연
| 자유기고가. 서울서부비정규센터 회원. 한글 교실 선생님 |

홍익대 청소, 경비, 시설 노동자들이 파업하며 본관을 점거했던 기간에 울었다고 들었다. 한 번은 미대에서 학생회장인지 대표자가 찾아와 입시 전형이 있는 날을 기해 요구 사항이 담긴 자보, 현수막과 플래카드를 치워달라고 하더란다. 노동자들은 "우리가 왜 이러는지 학생들은 정말 모르겠어?" 하며 엉엉 울었다 한다. 또 한 번은 본관을 점거한 노동자들의 동태를 감시하던 학교 측 사람들 가운데 관리자만이 아니라 ROTC 학생들이 섞여 있다는 사실을 발견했을 때였다. 그네들이 생활하는 학군단 건물을 치우고 지켰던 노동자들의 마음이 어땠을지 짐작조차 하기가 힘들다. ROTC 학생 앞에 무릎을 꿇고 목 놓아 우는 노동자들과 함께 지지 방문 온 사람들까지 더해져 홍익대 본관인 문헌관은 피 울음이 물결 치는 통곡의 바다가 되었다 한다. 내내 꿋꿋했던 노동자들은 왜 그렇게 울었을까?

홍익대에서 청소한 지 한 달도 안 돼 파업에 참여하게 된 한 청소 노동자가 전해준 얘기다. 자녀들이 어머니가 파업하는 곳에 찾아왔는데, 마침 일회용기에 국이며 밥을 퍼서 먹는 식사 시간이었나 보다. 그걸 본 자식들은 '엄마, 집에 가자'며, '왜 이런 데 앉아서 이런 걸 먹고 있냐'고 했다. 스티로폼과 돗자리를 깔아 얼기설기 만든 임시 잠자리, 휴대용 가스레인지 몇 개 모아 만든 간이 부엌, 여럿이 먹기 위해 끓인 국, 김과 김치로 구성된 조촐한 식단이 자식들의 마음을 아프게 한 것이리라. '엄마'인 그 노동자, 주저 없이 '내 걱정 말고 집에 가'라고 자식들을 돌려보냈단다.

"엄마들이 청소할 때는 휴게실도 제대로 안 갖춰져 있는 한데서 찬밥 한 덩이에 이보다 못한 반찬을 겨우겨우 넘기며 끼니를 때웠다. 따뜻한 밥과 국이 나오고 서로들 위해 주며 파업하고 있는 지금이 엄마는 훨씬 좋다. 너넨 엄마가 어떻게 일하는지 몰랐지?"

그래, 우리는 몰랐다. 청소, 시설, 경비 노동자들은 비참한 노동 조건에 대한 우리의 동정을 바라고 있는 것이 아니다. 그들이 알리고 싶어 하는 것은 자신의 조건을 개선하고자 하는 스스로의 의지와 사람이라면 무릇 사람처럼 살고 싶다는 소박하고 정직한 욕망이다.

시급 5,000원, 6,000원 아니 1만 원을 넘어섰는데도 노동자들이 빗자루를 멈추고 파업을 하겠다고 한다면, 거기에 얼마만큼의 사회적 지지가 쏟아질 수 있을지 모르겠다. 자신의 권리는 자신이 지키는 수밖에 없다. 아이돌 가수가 응원을 와도, 100만 명 국민의 지지 성명이 쌓여도 자신이 사람임을 입증할 수 있는 사람은 자기 자신뿐이다. 홍익대, 고려대병원, 고려대, 이화여대, 연세대의 청소, 시설, 경비 노동자들은 그것을 해냈다. '가난하고 초라한 엄마 아빠'를 도와줄 생각이었다면, 아서라. 우리가 인간으로서 존엄을 위협받는 순간에 제일 먼저 연대하러 달려올 사람들이 그들이다. 노동자의 투쟁은 처절하고 찌질한 것이 아니라, 가치 있고 행복하다는 것을 경험한 노동자들이다.

다시 부끄러움에 대해 생각한다. 안 보이는 데서 조용히 궂은일이나 할 것이지, 당당하게 나서 제 몫의 목소리를 내는 노동자가 부끄러운가. 노동자들에게 이래라저래라 일을 시키다가 임금과 노동 조건 협상 때만 한발 물러서서 나 몰라라 하는 원청 기업이 부끄러운가. 빈곤한 할머니 할아버지라고 말하면 불쌍하다

또 다른 이야기들

고 눈시울을 붉히다가, 노동자의 권리를 주장하면 불순하다고 눈에 쌍심지를 돋우는 건전한 시민의식이 부끄러운가. 다 좋은데 내 눈에 뜨이지만 않으면 된다고 외면하는, 언젠가는 똑같은 이유로 자신의 존엄을 훼손당하게 될 우리의 우둔한 모습이 부끄러운가.

춤

김 윤 중

| 살맛 학생, 인디 밴드 보컬 |

작사, 작곡 : 김윤중
노래 : 구체적인 밴드

손이 떨려와 아직 난 눈을 뜨기 힘들어
끝은 어딜까 망설이다 못해 잠이 들어
어느 날 문득 생각 없이 그냥 버스에 올라
차창 밖으로 보이는 풍경에 몸을 기대네

춤을 출 수 있을까
오늘도 커피를 마시며 고단한 내 육체를 억압하고
춤을 출 수 있을까

라디오에서 흘러나오던 그 노래가 그리워
이어폰을 귀에 끼고 지하철에 올라
홀로 듣던 그 노래 이제 흐르지 않고
나는 오늘도 내 몸을 내게 기대네

춤을 출 수 있을까
의지 없는 내 영혼은 오늘도 혼잣말을 지껄이고
춤을 출 수 있을까

춤을 출 수 없다면 그대여 내 손을 잡고 발을 내딛어봐요
잘할 자신 없지만 그대와 함께라면 좋아 이젠 춤을 출 거야

p.s : 가사만으로는 노래를 다 표현할 수가 없어 안타까운 마음이다. '구체적
인 밴드' 혹은 '춤' 등의 키워드로 검색해서 노래를 들어보길 바란다.

Outro 미래로

낮에는 낚시하고 밤에는 독서하는 삶. 이런 인용을 한다고 모욕이나 위협을 받지 않는 사회. 친구들과의 맥주 한 잔. 글쓰기가 좀 더 편해진 나. 생각해보니 이런 걸 간절히 원한다._세현 하고 싶은 것을 하고, 가고 싶은 곳을 가고, 꿈 꾸고 싶은 것을 꿈 꾸는 삶. 어떠한 방식으로 살든, 삶의 방식이 삶 자체를 위협하지 않는 삶._수빈 내 집은 아니어도 좋으니 이사 다닐 걱정 없이 살 수 있는 집. 잘릴 걱정하지 않아도 되고, 적당한 문화생활을 할 만큼의 임금과 여가시간을 보장하는 직장. 아니라고 생각하는 일에 아니라고 말할 수 있는 나. 모든 이들이 이 정도의 꿈쯤이야 쉽게 이루고 사는 세상._용락

일 안 하고 놀고 싶다._병연 손자가 이쁘게 잘 크기를._한옥염 온 가족이 곱게, 건강하게 늙었으면 좋겠다._이미자 내 몸이 아프지 않고 건강한 것._문순선 젊고 건강하게 사는 것._이정녀 우리 아들 홍장근! 빨리 장가갔으면 좋겠다._김오순 건강 해지고 싶다._최옥선 나의 아들 사업 번창하기를._양희숙 내 아들 씀씀이 줄였으면._임정희 우리 집 강아지 아롱이 오래 살면 좋겠다._고영자 건강하고 즐겁게._김귀중 막내아들 이안강! 내년에 결혼했으면 좋겠다._박순희 오래오래 건강하게 다니고 싶다._박장연 모두가 돈 걱정 없이 살았으면._이연상 세계 평화. 진심으로……._김희연 행복한 삶을 살고 있기를._최동희 후회 없는 삶을 살기를._윤홍의 살맛나는 세상 만듭시다._김윤중 건강하게 일 잘하고 싶다._이부자 직관에 따라 살고 싶어._유나 나를 안 미워하기._화정 완벽을 추구하지 않고 웃으며 살기._하림 가족이 건강해지면 좋겠다._김미자 불편하지 않게 살고 싶다._종윤 여유 있는 사람이 되고 싶다._조윤 잘못된 세상을 확 바꿨으면 좋겠다._김경순 좀 더 참된 인생이 되기 위하여 노력하자._고경실 좀 더 행복하게 살고 싶다._홍명화 내 주변과 내 스스로가 행복해졌으면 합니다._이상선 지금이랑 비슷하게 살고 싶다._정

명화 밝은 미래._현화 내 이름이 소원인데 ㅋㅋㅋㅋ 즐겁게 살고 싶어요._박소원 건강하게 일 잘하는 것._윤순분 슬픈 일이 없었으면 좋겠다._임경지 지금보다 더 낫게, 젊게._신선우 오래오래 다니고 싶다. 동료들과 화목하게 지내고 싶다._민정자 월급이 많이 올랐으면 좋겠다._고복한 돈 많이 벌자! 그리고 내가 하고픈 거 다하자!!!_신은진 즐거운 노동을 할 수 있게!_김조운 행복하게 살자._소병휘 건강한 것._윤수남 남북통일과 군대 폐지._다솔 죽을 때까지 만족하며 살기._김성우 난 항상 좋아._간올 내가 하는 일을 싫어하지 않았으면._백지원 건강하게 살고 싶다._이점례 싸우지 말고 한 가족처럼 분위기 좋게 다니고 싶다._김귀남 건강하게 살고 싶다._이순자 더불어 살고 싶다. 없는 사람 있는 사람 따지지 않고._임진순 앞으로 희망을 가지고 살자._유월순 비정규직철폐!_오상환 학생들하고 열심히 컴퓨터 공부하고 잘 지냈으면 좋겠다._김금선 조합원들이 똘똘 뭉쳐서 다 같이 앞장서서 조합을 살리자._이양순 풍물패 회원이 더 많아졌으면 좋겠다._이남례 자식들에게 짐이 되지 않기._이경자 많은 학생들과 조합원들의 유대가 깊어져서 생활 속에서 연대하게 되면 좋겠다._이성우 항상 건강하고 6월 달 위원장 선거가 내 소원대로 되길(S노조)_최순이 다들 행복하고 공평한 세상이 왔으면 좋겠습니다._최효명 소원들, 버려지지 않기를 바랍니다._양순모 올해도 큰 탈 없이 편안하게 보내기._진석찬 파업기간 수고가 너무 많습니다. 조합과 학생(공대위)가 모두 건강하고 앞으로 더욱 유대 관계를 돈독히 하길._이기원 아름다우신 우리 조합원들과 너무도 고마운 학생들……. 감사합니다. 우리의 인연 소중하게 이어가자고요._문선환 모두가 자유롭게 그리고 평등하게 살 수 있는 세상이 오길 바래요._김진석 제가 함께 하고픈 사람들이 차별받지 않고 있는 그대로 행복할 수 있게. 살아가고 있었으면 좋겠습니다._권지웅 지금 함께 살아가는 모두가 건강하고 행복했으면 좋겠습니다♡ 우릴 방해하는 나쁜 놈들은 사라지고……._익명 우리가 원하는 거 하나하나 이뤄갔으면 좋겠어요. 힘내요. 그리고 존경스럽습니다._김문진 노조도 잘되고 노후 생활(정년)이 잘 보장되었으면 좋겠다. 퇴직할 때까지._김현옥 돈 때문에 일하지 않아도 되고 일하기 위해 남을 속이지 않아도 되는 세상._이류 정당한 노동의 대가를 인정받고 다 함께 더불어 사는 사회가 됐으면 좋겠다._정상현